듣고 말하는 사람들을 위한 농아에 대한 편지

LETTRE SUR LES SOURDS ET MUETS
À L'USAGE DE CEUX QUI ENTENDENT & QUI PARLENT
by Denis Diderot

드니 디드로
듣고 말하는 사람들을 위한
농아에 대한 편지

이충훈 옮김

wo
rk
ro
om

일러두기

이 책은 드니 디드로(Denis Diderot)의 『듣고 말하는 사람들을 위한 농아에 대한 편지(Lettre sur les sourds et muets à l'usage de ceux qui entendent & qui parlent)』를 한국어로 옮긴 것이다. 번역 대본으로는 파리의 에르망(Hermann) 출판사에서 출간된 디드로의 『전집(Œuvres complètes)』(에르베르 디크만[Herbert Dieckmann] · 자크 프루스트[Jacques Proust] · 장 바를루[Jean Varloot] 편집, 1978) IV권과 갈리마르 출판사에서 출간된 『철학 저작(Œuvres philosophiques)』(미셸 들롱[Michel Delon] 편집, 2010)을 사용했으며, 전자의 경우 본문에서 인용 출처를 밝힐 때는 'DPV'로 표기했다.

원문에는 없지만 문맥상 필요하다고 판단되는 표현의 경우 대괄호로 구분했다.

주(註)는 필요에 따라 위의 두 판본에서 가져왔거나 옮긴이가 작성했으며, 원주는 별도 표기했다.

원문에서 이탤릭체로 강조된 부분은 방점을 찍어 구분했고, 인용된 문구를 구분하기 위해 이탤릭체로 표기했다고 판단될 경우 작은따옴표로 구분했다.

차례

작가에 대하여

드니 디드로(Denis Diderot, 1713~84)는 프랑스 랑그르 출신의 철학자·소설가·극작가·미술 평론가이다. 계몽주의 사상가이자 무신론적 유물론자로서 문학·철학·예술 전반에 걸쳐 혁신적인 이론을 주장했다. 당대의 수학자·물리학자·철학자였던 장 르 롱 달랑베르(Jean Le Rond d'Alembert, 1717~83)와 함께 『백과사전(Encyclopédie, ou dictionnaire raisonné des sciences, des arts et des métiers)』(총 28권)을 편찬했으며, 철학서 『눈으로 볼 수 있는 사람들을 위한 맹인에 대한 편지(Lettre sur les aveugles à l'usage de ceux qui voient)』(1749), 『듣고 말하는 사람들을 위한 농아에 대한 편지(Lettre sur les sourds et muets à l'usage de ceux qui entendent & qui parlent)』(1751), 『자연의 해석에 관하여(De l'interprétation de la nature)』(1753), 『달랑베르의 꿈(Le Rêve de d'Alembert)』(1769), 소설 『수녀(La Religieuse)』(1760), 『라모의 조카(Le Neveu de Rameau)』(1761~73), 『운명론자 자크와 그의 주인(Jacques le fataliste et son maître)』(1769~82), 『부갱빌 여행기 보유(Supplément au Voyage de Bougainville)』(1772), 극작품 「사생아(Le Fis Naturel)」, 「집안의 가장(Le Père de famille)」, 연극론 『배우에 관한 역설(Paradoxe sur le comédien)』(1773), 미술 평론 『살롱(Les Salons)』(1759~81) 등을 남겼다.

이 책에 대하여

이 책은 드니 디드로의『듣고 말하는 사람들을 위한 농아에 대한 편지』와 이 편지 2판에 부록으로 실린「앞의 편지의 저자가 출판업자 B... 씨에게」,「⋯⋯양에게 보내는 편지」,「『농아에 대한 편지』에 관련한『트레부』지 편집자 발췌문에 대한 검토」를 모두 번역한 것이다. 디드로는 본『편지』에 대해 평소 알고 지내던 드 라 쇼 양(Mademoiselle de la Chaux)으로 추측되는 인물에게 짧은 편지를 써서 그녀가 제시한 몇 가지 의문점들을 해결하고자 했고, 예수회원 베르티에 신부(le Père Guillaume François Berthier)가 예수회 기관지였던『트레부(Mémoires de Trévoux)』지에 기고한『듣고 말하는 사람들을 위한 농아에 대한 편지』서평의 오류를 정정하는「검토」를 써서 부록에 실었다. 우리는 베르티에 신부와 디드로가 벌인 지면 논쟁을 객관적으로 이해할 수 있도록『트레부』지의 해당 기사를 번역해 책 뒤에 실었다. 번역 대본으로는 파리의 에르만 출판사에서 간행된 디드로『전집』의 IV권(1978)과 갈리마르 출판사에서 출간된 플레이아드판 디드로『철학 저작』(2010)을 사용했으며, 독자의 이해를 위해 필요하다고 생각되었을 때 위의 두 판본의 주석을 번역해 실었다.

이충훈

듣고 말하는 사람들을 위한
농아에 대한 편지

길의 방향을

바꿔놓았소 앞으로 걷는 발자국

남지 않도록.

Versisque viarum

Indiciis raptos ; pedibus vestigia rectis

Ne qua forent.

―『아이네이스』 VIII권*

---

* 베르길리우스, 『아이네이스』 VIII권, 209~211행. 베르길리우스의 원문은 다음과 같다.
"Atque hos, ne qua forent pedibus vestigia rectis, / Cauda in speluncam tractos
versisque viarum, / Indiciis raptos saxo occultabat opaco."("[훔친 소 떼가] 동굴
쪽을 가리키는 발자국들을 남기지 않도록, 그자는 그것들의 꼬리를 잡고 동굴 안으로
끌고 들어가 길의 방향을 바꿔놓았소. 그리고 나서 도둑은 그것들을 어두운 바위에
감추었소."(천병희 옮김, 도서출판 숲, 2007, 266쪽, 번역 수정) 여기서 디드로는 어순을
바꿔 인용한다. 디드로가 제사(題詞)로 쓴 베르길리우스 시구의 의미는 "[훔친 소 떼의]
길의 방향을 바꿔놓았소. 동굴 쪽을 가리키는 발자국들을 남기지 않도록"과 같다.
불카누스의 아들 카쿠스는 바위 속 동굴에 살았던 반인반수의 괴물인데, 이자가 소 떼를
훔쳐 제 동굴에 숨길 때 "동굴 쪽을 가리키는 발자국을 남기지 않도록" 소 떼를 거꾸로
가게 했다는 이야기이다. 디드로는 베르길리우스의 시구 순서를 바꿔 인용하면서 이
편지의 주제인 '도치'의 문제를 제시한다.

선생님,** 『하나의 원칙으로 환원된 예술(Les Beaux-Arts réduits à un même Principe)』의 저자***에게 쓴 편지를 보내드립니다. 제 친구들의 충고를 따라 수정, 교정, 증보를 했습니다만 제목은 처음 그대로 두었습니다.

이 제목이 귀가 들리지 않지만 말을 하는 대부분의 사람들이나, 말은 못 하지만 귀는 들리는 적은 수의 사람들이나, 말도 하고 귀도 들리는 훨씬 더 적은 사람들이나, 누구에게라도 적용된다는 점을 인정합니다. 물론 마지막 세 번째 사람들 보라고 이 편지를 쓴 것이기는 합니다.

이 제목을 멋들어진 것은 아니었던 다른 제목****을 따라 지었다는 점도 인정합니다. 더 좋은 제목 찾기도 지겨워서요. 제목을 잘 짓는 것이 중요하다 생각하시겠지만 이 편지 제목은 지금 그대로 하겠습니다.

저는 인용을 그다지 좋아하지 않습니다. 다른 것보다 그리스어 인용문은 더 그렇습니다. 책에 그리스어 인용문이 들어가면 학문적인 냄새가 나게 마련인데, 프랑스

---

* 이 시기 디드로는 전작 『눈으로 볼 수 있는 사람들을 위한 맹인에 대한 편지』(1749) 때문에 뱅센 감옥에 투옥되어 있었다(투옥된 이유에 대해서는 이 책의 「옮긴이의 글」 참조). 여기서 'V'는 '뱅센(Vincennes)'의 약자이다.
** 『듣고 말하는 사람들을 위한 농아에 대한 편지』를 출판한 서적상 보슈의 아들(Bauche fils)을 가리킨다.
*** 리지외와 나바르 고등학교를 거쳐 콜레주드프랑스에서 그리스와 라틴 철학을 강의하게 된 샤를 바퇴(Charles Batteux, 1713~80)를 가리킨다.
**** 『눈으로 볼 수 있는 사람들을 위한 맹인에 대한 편지』.―원주

에서는 철 지난 유행입니다. 독자 대부분은 그리스어 인용문이라면 끔찍해합니다. 제가 출판인 입장에서 생각했다면 이 편지에서 저 끔찍스러운 것을 다 들어냈을 테죠. 하지만 그렇게 하면 안 됩니다. 그러니 그리스어를 적어놓은 대로 그냥 두시기 바랍니다. 선생님께서는 어떤 책이 많이 읽힌다면 그것이 좋은 책인지에 대해서는 관심두지 않으실 테지만 저한테는 좀 덜 읽히더라도 책을 제대로 쓰는 것이 중요합니다.

제가 저 좋을 대로 이 주제 저 주제로 화제를 무던히도 바꾸는 것 아니냐고 선생님께 조언하는 사람들이 있다면 그 점은 편지에서는 전혀 결함이 되지 않는 일임을 알아주시고, 그렇게 말씀해주시기 바랍니다. 무릇 편지란 자유롭게 대화할 수 있는 곳 아닙니까. 편지에서는 한 문장 말미의 단어 하나만으로도 맥락이 충분히 변하기 마련입니다.

선생님께서 주저하시는 이유가 그것뿐이라면 제 책을 인쇄하셔도 됩니다. 하지만 원컨대 저자의 이름은 밝히지 마시기 바랍니다. 언제고 제 이름을 밝힐 날이 올 것입니다. 이 책에 나타난 사상에 좀 특별한 데가 있고, 상상력이 상당히 풍부하고, 문체도 갖췄고, 유감스러운 일일 수 있으나 뭐라 해야 할지 모를 과감한 사유도 보이고, 수학에, 형이상학에, 이탈리아어에, 영어가 나오고, 그보다는 덜하지만 무엇보다 라틴어와 그리스어가 나오고, 그보다 더 음악 이야기를 늘어놓고 있기는 하지만, 제 책을 누구에게 보내면 안 되는지, 보내지 않으면 안 되는 사람은 누구인지 알고 있습니다.

　부탁드리오니 책에 오탈자가 하나라도 들어가지 않도록 해주십시오. 하나만 들어가더라도 책 전체가 망가져버리고 맙니다. 루크레티우스의 최신판에 실린 도판[이 책 18쪽]에서 제 마음에 꼭 드는 그림을 찾으실 수 있습니다. 하베르캄프에서 나온 것인데 정말 멋진 판본입니다.* 거기서 [왼쪽 아래편의 죽어가는] 여인을 반쯤 가리고 있는 아이를 없애주시고, 가슴 아래 부분에 상처가 난 것처럼 해주시고, 인물의 윤곽만 잡아주시면 되겠습니다. 제 친구 S... 씨**가 교정쇄를 검토해 주시기로 했습니다. 뇌브데…… 가에 삽니다. 선생님께 저의 [존경을 담아 보냅니다]……

[디드로] 배상***

---

* 네덜란드 문헌학자 지게베르트 하베르캄프(Sigebert Havercamp)는 1725년에 암스테르담에서 루크레티우스의 『사물의 본성에 관하여(De rerum natura)』를 출판했는데, 이 판본의 도판 제작은 프란스 반 미에리스(Frans Van Mieris)가 맡았다. 여기서 디드로가 거론한 도판은 페스트가 휩쓴 아테네를 재현한 것이다. 루크레티우스는 앞의 책에서 주검들이 무덤도 없이 방치되어 겹쳐 쌓여 있고, 페스트 환자들은 감염 초기부터 희망을 완전히 잃고 미동도 하지 않고, 죽어버린 육체들이 신들의 성소를 가로막고 있는 황폐화된 도시를 그렸다(루크레티우스, 『사물의 본성에 관하여』 VI권, 1215~1273행 참조).
** 가브리엘 드 사르틴(Gabriel de Sartine, 1729~1801)을 가리킨다. 파리 치안 감독관을 거쳐 해양부 장관을 지냈다. 디드로와 달랑베르의 『백과사전』 작업에 협력하여 큰 도움을 준 것으로 알려져 있다.
*** 편지 끝의 의례적인 감사 표현들은 생략되어 있다.

페스트가 휩쓴 아테네(La Peste d'Athènes)

듣고 말하는 사람들을 위한 농아에 대한 편지

이 편지는 도치의 기원, 문체의 조화, 숭고의 국면, 대부분의 고대어와 현대어에 대한 프랑스어의 몇 가지 장점과, 기회가 되면 예술에 있어 특별한 표현법을 다룬다.

선생님, 저는 선생님께서 내놓으신 연구가 제 덕을 본 것이라고 주장할 생각이 전혀 없었습니다. 본 편지에서 선생님께 유리한 것은 전부 선생님 것이라고 주장하셔도 됩니다.* 제 생각과 선생님 생각이 혹시라도 비슷해졌다면 간혹 덩굴광대수염 잎사귀를 참나무 잎사귀로 혼동할 때가 있는 것과 같습니다. 콩디야크 신부나 뒤 마르세 씨에게 편지를 드릴 수도 있었을 것입니다.** 그분들도 도치를

---

* 디드로는 거리낌 없이 자신이 바퇴(이 책 15쪽 주석 참조)의 저작을 참고했음을 밝히고 있다. 디드로가 가장 많이 사용한 바퇴의 저작은 『문예 강의(Cours de belles-lettres)』(1765) II권이었는데 여기에 「아카데미프랑세즈의 돌리베 신부에게 보내는 라틴어 구문과 비교된 프랑스어 구문에 대한 편지들(Lettres sur la phrase française comparée avec la phrase latine, à M. l'abbé d'Olivet, de l'Académie Française)」이 실려 있다.
** 18세기 철학자 콩디야크(Étienne Bonnot de Condillac, 1715~1780)는 『인간 지식 기원론(Essai sur l'origine des connaissances humaines)』(1746)에서 도치에 관한 주제를 다뤘고(1부 12장 §1) 철학자이자 문법학자였던 뒤 마르세(César Chesneau Du Marsais, 1676~1756)는 『라틴어 학습을 위한 체계적 방법 제시(Exposition d'une méthode raisonnée pour apprendre la langue latin)』(1722)에서 역시 도치의 문제를 다뤘다. 아울러 뒤 마르세는 『백과사전』 III권의 '구성(Construction)' 항목 및 『논리학과 문법의 원칙(Logique et principes de grammaire)』(1792)에서

주제로 다뤘으니까요. 그러나 선생님이 먼저 떠올라서 선생님으로 정해본 것입니다. 독자는 운 좋게 우연히 생각이 떠올랐던 걸 선호한다는 의미로 보지는 않으리라 확신했기 때문이지요. 한 가지 걱정스러운 점은 선생님께 방해가 되면 어쩌나, 철학 연구에 쏟으시고 당연히 쏟으셔야 할 선생님의 시간을 뺏게 되면 어쩌나 하는 것입니다.

도치의 문제를 올바로 다루려면 언어가 어떻게 형성되었는지 검토하는 것이 적절하다고 생각합니다. 감각 대상이 처음으로 감각을 자극했을 때 여러 감각 자질을 동시에 갖춘 대상이 처음으로 이름을 얻게 되었습니다. 이들 서로 다른 개체들이 우리의 세상을 구성하는 것이지요. 그다음에 감각 자질을 하나씩 구분하게 되었고 여기에 이름을 붙였는데, 대부분의 형용사가 그것입니다. 마지막으로 감각 자질을 추상화해서 이들 개체 모두에 공통된 무엇을 찾았거나 찾았다고 생각했습니다. 비투과성, 연장(延長), 색깔, 형상 등이 그것입니다. 그리고 형이상학의 일반명사와 거의 대부분의 실사(實辭)가 만들어졌습니다.* 이들 명사가 실재하는 존재를 표시한다고 조금

해당 주제를 더욱 심화했다. 여기서 디드로가 문제 삼는 바퇴의 책은 위에서 말한 『아카데미프랑세즈의 돌리베 신부에게 보내는 라틴어 구문과 비교된 프랑스어 구문에 대한 편지들』이다.

* 콩디야크는 "실사들의 복합적 개념은 직접 감각에서 왔기 때문에 처음으로 알려진 것으로, 이름을 갖게 된 최초의 개념임에 틀림없다(⋯). 그다음으로 대상의 다양한 감각 자질이 조금씩 제시되었다. 대상이 놓일 수 있는 상황들에 주목했고, 이들 모든 사물을 표현하기 위한 이름을 만들었는데 형용사와 부사가 그것이다"라고 말한다(콩디야크, 『인간 지식 기원론』, 2부 9장 §82). 형이상학의 명사를 실재하는 존재로 제시하는

씩 믿게 되었습니다. 그래서 감각 자질을 그저 우연히 일어난 사건으로 봤던 것이고, 형용사는 실제로 실사에 매여 있는 것이라고 생각했던 것입니다. 사실 실사는 아무것도 아니고 형용사가 전부인데도 말이죠. 선생님께 물체란 무엇인가 묻는다면, 연장을 갖고, 비투과적이고, 형상을 갖고, 색을 띠고, 움직이는 실체(*une substance étendue, impénétrable, figurée, colorée, mobile*)라고 답변하시겠지요. 하지만 그 정의에서 형용사를 전부 제거해보세요. 실체라 부르신 저 상상의 존재에 무엇이 남을까요?* 위의 정의에서 모든 용어들을 자연적 순서에 따라 배열해봤다면 색을 띠고, 형상을 갖고, 연장을 갖고, 비투과적이고, 움직이는, 실체라고 할 것입니다.** 제가 보기에 어떤 물체를 처음으

경향이 있는 철학적 실제론은 오래전부터 비판의 대상이었으나, 특히 로크의 비판이 중요하다(『인간 지성론』, III권 1장 §5와 §9). 콩디야크는 형용사에서 형이상학의 명사로의 이행을 다음과 같이 설명한다. "사물의 특징들에 부여된 이름에 대해 말하면서 나는 형용사만 언급했다. 추상적인 실사는 아주 오랜 뒤에나 알려질 수 있을 뿐이기 때문이다(…). 기원이 되는 모든 이름으로 거슬러 올라갈 수 있었다면 추상적인 실사는 어떤 형용사 혹은 어떤 동사로부터 파생되었던 것임을 알 수 있을 것이다"(콩디야크, 『인간 지식 기원론』, 2부 9장 §93). 『백과사전』의 '실사' 항목 저자는 실사(les substantifs)와 명사(les noms)을 구분해야 한다고 본다. "명사는 흔히 실사라고 하지만, 명사는 명사일 뿐이다. 명사는 존재를 그것의 본성에 따라 정확한 관념으로 한정해서 정신에 제시하는 단어이고, 형용사는 한정되지 않은 존재, 여러 본성에 적용할 수 있는 관념을 통해서만 지시된 존재를 정신에 제시하는 단어이다."('실사[substantif]' 항목, 『백과사전』 XV권, 588쪽)
* "이제 우리가 실체라는 일반적인 이름으로 지시하는 것에 대한 관념은 우리가 존재한다고 발견하는 성질들에 대한 가정된, 그러나 미지의 지지체일 뿐이다. 우리는 이 성질들은 지지하는 사물 없이, 즉 그것들을 지지하는 어떤 것 없이는 존속할 수 없다고 상상하며, 우리는 이러한 지지체를 실체라고 부른다."(존 로크, 『인간 지성론』, II권 23장 §2, 정병훈·이재영·양선숙 옮김, 한길사, 2014, 430쪽)
** "흔히 특질들의 합에 이름을 부여하고자 한다. 이를 위해서는 순간순간 변화하는

로 보게 될 사람은 바로 위의 순서로 물질의 부분들이 갖는 서로 다른 특징들의 자극을 받게 될 것 같습니다. 우선 눈이 형상, 색채, 연장의 자극을 받고, 그다음에는 촉각과 물체가 만나면서 물체의 비투과성을 발견하고, 시각과 촉각으로 그 물체의 운동성 유무를 확인하게 될 것입니다. 그러니까 이렇게 정의할 때에는 [실사와 형용사 사이에] 도치가 전혀 있을 수 없습니다. 처음에 내렸던 정의에는 도치가 있었지만요. 이로부터 프랑스어에는 도치가 없거나 적어도 학문적인 언어에서 쓰이는 것보다 훨씬 도치가 드물다는 점을 주장하려고 한다면, 고작해야 프랑스어 문장 구성이 대부분 한결같고, 실사는 항상, 혹은 거의 항상 형용사 앞에 놓이고, 동사는 이 둘 사이에 놓인다*는 의미에서나 그런 주장이 가능하다는 결과가 나옵니다. 이 문제를 그 자체로 검토한다면, 다시 말해 형용사가 놓이는 자리는 실사의 앞이나 뒤여야 한다면, 프랑스어는 관념의 자연적 순서를 자주 뒤바꾼다는 점을 알게 될 것입니다.

특질들은 무시하고, 가장 오래 지속되는 특질에만 주의를 기울이기 마련이다. 사람들은 공히 그 특질들이 존재에 본질적인 것으로 생각한다(…). 그리고 그 특질들을 자주 '실체', 더 낮게는 '본질적인 속성'이라고 잘못 부르곤 한다. 반면 가변적이고, 이 [특질들의] 합에 들어올 수 있거나 없는 다른 특질들은 존재의 방식, 곧 '양태(mode)'라고 부른다."('실체[substance]' 항목, 『백과사전』 XV권, 583쪽)

* 17세기 포르루아얄(Port-Royal) 철학자들의 문법 이론을 가리킨다. 베르나르 라미(Bernard Lamy) 신부는 1675년에 펴낸 『수사학 혹은 말하는 기술(La Rhétorique ou l'art de parler)』(마렛[Marret], 1699, 48쪽)에서 "자연적 순서에 따르면 어떤 명제에서든지 그 명제의 주어를 표현하는 이름이 제일 앞에 나와야 하고, 형용사가 동반될 경우 형용사는 가장 가까운 곳에 놓여야 한다"고 썼다. 참고로 프랑스어에서는 일반적으로 형용사가 실사 뒤에서 수식한다.

방금 든 예가 그 증거입니다.

제가 관념의 자연적 순서(*ordre naturel*)라고 한 것은 여기서 자연적 순서와, 인위적 순서(*ordre d'institution*), 다시 말하면 학문적 순서(*ordre scientifique*)를 구분해야 했기 때문입니다. 언어의 형성이 완전히 끝났을 때 정신이 파악하는 순서가 뒤의 것입니다.

형용사는 통상 감각 자질을 제시하므로 관념들의 자연적 순서에서 제일 먼저 나타납니다. 그러나 어떤 철학자는, 더 정확히 말하자면 추상적 실사를 실재하는 존재로 보는 데 익숙한 철학자들은 실사가 학문적 순서에서 제일 먼저 나타난다고 봅니다. 그들이 말하는 방식을 따라본다면 실사는 형용사를 떠받치고 지지해주는 지주*이기 때문입니다. 그래서 우리가 제시했던 물체의 두 가지 정의 중 하나는 학문적 혹은 인위적 순서를 따르고 다른 하나는 자연적 순서를 따르고 있습니다.

여기서 한 가지 결론을 끌어낼 수 있을 것입니다. 아마 우리는 일반적이고 형이상학적인 모든 존재를 실재한다고 보았던 아리스토텔레스주의 철학에 신세를 지고 있어서, 고대 언어에서 도치라고 부르는 것이 프랑스어에 더는 거의 남지 않게 된 것이 아닐까 합니다. 사실 우리 골 족 작가들은 지금 우리보다 도치를 훨씬 더 많이 사용했고, 루이13세와 루이14세 재위 시절 프랑스어가 완성되

---

* 실사(substantif)와 실체(substance)라는 말은 어원상 '아래에서(sub)' '지지해주는(stare)' 것을 뜻하기 때문이다.

었을 때 아리스토텔레스주의 철학이 지배적이었습니다. 우리보다 일반화하는 일이 더 적었고, 자연을 세세히 개체를 통해 연구했던 고대인들은 언어를 말할 때 단조로움이 더 적었으니, 그들은 아마 도치라는 말이 아주 이상하게 들린다고 생각했을지도 모릅니다. 선생님, 여기서 아리스토텔레스주의 철학이 결국 아리스토텔레스 철학 아니냐, 그러므로 고대인들의 일부에 속한 것이 아니냐는 비난은 말아주시기 바랍니다. 선생님께서는 학생들에게 프랑스 아리스토텔레스주의 철학과 아리스토텔레스 철학은 전혀 달랐다고 가르치셔야 합니다.[*]

하지만 언어에 도치가 어떻게 들어와 보존되었는지 설명하려고 세상의 시작과 언어의 기원에까지 거슬러 올라갈 필요는 아마 없을 것입니다. 제 생각에는 그 나라 언어를 전혀 모르는 외국에 가 있다고 생각해보기만 하면 될 것 같습니다. 아니면 분절음을 쓰지 않고 생각을 몸짓으로 표현하고자 노력할 사람을 써볼 수 있을 것입니다. 어느 쪽이든 결과는 대동소이합니다.

우리가 써볼 사내는 무얼 물어봐도 척척 대답할 테니 실험을 하는 데 그 이상 적임자가 없을 것입니다. 그 사내를 통해 몸짓을 어떤 순서로 하는지, 최초의 인간이

---

[*] 아리스토텔레스 철학 자체가 아니라, 아리스토텔레스 형이상학과 논리학을 배타적으로 취했던 스콜라철학을 말한다. 아리스토텔레스의 권위만을 빌려온 아리스토텔레스주의 스콜라철학은 프랑스에서 18세기까지 대학을 중심으로 큰 영향력을 행사했다. 디드로는 스콜라철학자들이 "올바른 추론과 [내용 없는] 교묘함"('아리스토텔레스주의' 항목, 『백과사전』 1권, 663쪽)을 뒤섞고 있다고 비판했다.

몸짓으로 의사소통을 하는 데 가장 좋다고 봤을 수 있었던 관념의 순서는 어떤 것인지, 웅변의 기호를 고안해낼 수 있었을 관념의 순서는 또 어떤 것인지 더 확실히 추론할 수 있을 것입니다.

더욱이 약속으로 정한(de convention) 벙어리 사내에게 답변을 구성해보도록 충분한 시간을 주고 관찰해볼 생각입니다. 질문을 할 때는 그 관념을 몸짓으로 어떻게 표현할 수 있을지, 비슷한 언어에서 그 관념을 어떻게 표현하게 될지 너무도 궁금한 그런 관념들을 꼭 질문에 집어넣겠습니다. 동일한 관념을 수차례 반복해서 시도해보고 동일한 질문을 동시에 여러 사람에게 해보는 일은 유용하지는 않더라도 적어도 흥미로운 일은 되지 않겠습니까? 재기가 넘치고 훌륭히 논리적인 친구 몇몇과 이 방식으로 훈련을 하게 될 철학자는 제가 보기에 완전히 시간 낭비를 하는 것은 아닐 것입니다. 아리스토파네스였다면 이걸로 틀림없이 무대에 멋진 장면을 만들어 올릴 것입니다. 하지만 뭐 어떻습니까?* 제논이 신참에게 "εἰ φιλοσοφίας ἐπιθυμεις, παρασκευάζου αὐτόθεν, ὡς καταγελαθησόμενος ὡς" 운운했던 말**을 생각해볼 수도 있지 않을까요. 이 말뜻은

---

* 고대 그리스의 희극작가 아리스토파네스(Aristophanes. 기원전 5세기경)는 희곡 「구름들(Nephelai)」에서 소크라테스를 웃음거리로 만들었는데, 아리스토파네스는 "하지만 뭐 어떤가"라고 말한다.
** 에픽테토스(Epiktētos), 『엥케이리디온(Encheiridion)』, 22장. 『트레부』지(1751년 4월, 853쪽)는 디드로가 제논이라는 이름을 가진 두 명의 스토아철학자를 혼동했다고 지적했다(이 책 172쪽 참조).

철학자가 되고 싶으면 웃음거리가 될 작정을 하라는 말이죠. 선생님, 멋진 격언 아닙니까. 그 격언만 가지면 우리보다 용기가 덜한 영혼들도 사람들이 무슨 말을 해도, 그 어떤 경박한 의견을 들어도 초연할 수 있을 것 같습니다!

제가 여기서 제안한 연습과 보통의 팬터마임을 같은 것으로 보시면 안 됩니다. 어떤 행동을 하는 것과 어떤 말을 몸짓으로 표현하는 것은 아주 다른 두 가지 형태입니다. 약속으로 정한 벙어리들이 표현하는 형태에는 도치가 있고, 이들 한 사람 한 사람은 자기 스타일로 표현하고, 이들의 도치에는 고대 그리스 라틴 작가들에게 볼 수 있는 것만큼이나 뚜렷한 차이가 있다고 저는 확신합니다. 그러나 우리의 스타일은 언제나 가장 훌륭하다고 판단한 스타일이므로 대화가 이 실험을 따를 때 대단히 철학적이고 대단히 격렬해질 수밖에 없을 것입니다. 약속으로 정한 벙어리들이 다시 말을 사용할 수 있게 될 때 그들은 왜 그렇게 표현했는지뿐 아니라, 몸짓의 순서상 이러저러한 관념을 선호할 수 있으리라는 점을 입증해야 하기 때문입니다.

선생님, 이런 생각을 해보니 다른 생각이 하나 떠오릅니다. 지금 다루는 주제와 좀 동떨어져 있기는 하지만 편지를 쓰는 것인데 주제를 좀 벗어난들 어떻습니까. 더욱이 유용한 견해를 얻을 수 있다면 그래도 되겠지요.

그러니까 제 생각은 말하자면 한 사람을 해체(décomposer)해서 그가 오감 중 하나만 가졌다고 생각해보면 어떨까 하는 것입니다.* 가끔 이런 형이상학적 해부 (anatomie métaphysique) 같은 일에 몰두해봤던 기억이 납니다. 오감 중 눈이 제일 피상적이고, 귀가 제일 거만하고, 후각이 제일 관능적이고, 미각이 제일 미신에 사로잡혀 있고 지조가 없고, 촉각이 제일 심오하고 철학적이라고 생각했죠. 제 생각에 각자 한 가지 감각밖에 없는 다섯 사람의 사회는 참으로 재미난 사회일 것입니다. 이 사람들은 모두 틀림없이 서로를 미친놈 취급하겠죠. 왜 그런지는 생각해보시기 바랍니다. 그러나 이는 일상에서 다반사로 일어나는 모습입니다. 감각이 하나밖에 없으면서 전체를 판단하는 것입니다. 더욱이 각자 하나의 감각밖에 이용할 수밖에 없는 다섯 사람의 사회에 대해 특별한 관찰을 한 가지 해봐야 합니다. 이 다섯 사람은 추상화하는 능력을 갖췄을 텐데 그것으로 모두 기하학자가 될 수 있고 서로 뜻이 기막히게 통하고 기하학에서만큼은 의견의 일치를 볼 수 있을 것입니다. 그러나 약속으로 정한 벙어리들에게 돌아가 우리가 그들에게 답변을 기대하는 문제들을 다시 살펴봅시다.

이 문제들에 답변이 한 가지 이상 나올 수 있다면,

---

* 이는 콩디야크가 『감각론(Traité des sensations)』(1754)에서 처음으로 시도한 것이다. 그러나 콩디야크는 자신의 생각이 디드로의 생각과는 다르다고 본다. 이미 콩디야크는 『인간 지식 기원론』에서 "어떤 피조물은 시각을 갖지 않고 다른 피조물은 시각과 청각을 갖지 않고…… 이런 식으로 연속적으로 해보자"(1부 1장 §3)고 제안했고, "살아 있는 눈을 가정해본다. 이 생각이 아무리 이상하게 보일지라도 그러한 가정을 받아들여주기 바란다"(1부 6장 §12)고 쓴 바 있다.

십중팔구 벙어리 한 명은 한 가지 답변을 하고 다른 벙어리는 다른 답변을 할 테니, 이들의 말을 비교하는 일은 불가능하지는 않더라도 적어도 까다로운 일일 것입니다. 이러한 난점 때문에 저는 한 가지 질문을 던지는 대신에 프랑스어 문장을 몸짓으로 번역해보라고 하는 편이 아마 더 낫지 않을까 하는 생각을 했습니다. 번역자는 절대로 생략을 해서는 안 되겠지요. 몸짓언어(langue)는 형상을 사용함으로써 훨씬 더 간결해지지 않는다면 벌써 명확하지 못하게 되고 맙니다. 선천적 농아들이 생각을 서로 나누기 위해 노력을 기울이는 것을 보면 그들은 표현할 수 있는 모든 것을 표현한다는 점을 이해하게 됩니다. 그러므로 약속으로 정한 벙어리들이 선천적 농아를 모방해서, 가능한 만큼 주어와 속사(屬詞)는 물론 그것에 종속한 모든 것이 표현될 수 있는 문장만을 만들어보라고 권해보고 싶습니다. 요컨대 약속으로 정한 벙어리들은 관념, 혹은 더 정확히 말하자면 그 관념을 표현하기 위해 사용하게 될 몸짓에 부여하는 것이 좋겠다고 적절히 판단한 순서만 자유롭게 바꿀 것입니다.

하지만 저는 좀 조심스러워집니다. 무슨 메커니즘의 작동인지는 모르겠으나, 거의 말에서 갖추게 될 형태로, 말하자면 격식을 완전히 갖추어 정신에 생각이 제시될 때, 이 특별한 현상 때문에 약속으로 정한 벙어리들의 몸짓이 방해를 받으면 어쩌나 걱정이 되고, 이들이 모국어와는 다른 언어로 글을 쓰는 사람이면 누구라도 빠지게 마련인 유혹, 다시 말하자면 제게 익숙한 언어에서 기호들이 배치되는 순서를 모델로 삼아 기호를 배치하고자 하는 유혹에 굴복하면 어쩌나 걱정이 되고, 현대 프랑스에서 가장 훌륭한 라틴어 연구가들이 누구 한 사람 예외 없이 프랑스어 투를 띠게 되는 것과 마찬가지로 약속으로 정한 벙어리들의 문장 구성이 언어에 대한 개념을 전혀 가져본 적이 없는 어떤 사람이 실제로 하게 될 문장 구성과 같지 않은 것이면 어쩌나 걱정이 되기 때문입니다. 선생님 생각은 어떠신지요? 이런 난점은 약속으로 정한 벙어리들이 수사학자라기보다 철학자였다면 아마 제가 생각하는 것보다는 적게 나타날 수도 있을 것입니다. 하지만 어찌 됐든 선천적 농아에게 물어볼 수는 있을 것 같습니다.*

선생님께서는 언어(langage)가 어떻게 형성되었는지에 대한 실제 지식을 얻으려고 하면서 듣고 말하는 능력을 갖추지 못한 사람을 참조한다는 일이 이상하게 보이실 것입니다. 하지만 무지와 편견의 거리가 진리와 편견의 거리보다 짧다는 점을 부디 헤아려주시어, 선천적 농아는 생각을 교환하는 방식에 아무런 편견도 갖지 않으며, 그가 도치를 할 때는 어떤 다른 언어에서 자기 언어로

---

* 여기서 디드로는 조건법을 사용했다. 프랑스어에서 조건법은 일반적으로 일어나지 않은 현실을 가능한 것으로 제시할 때 쓰인다. 즉 실제로는 물어보지 않았다는 것이다. 디드로는 앞으로 선천적 농아와 관련된 네 가지 일화를 차례대로 소개하겠지만 그중 두 가지는 디드로가 지어낸 허구이다.

옮긴 것이 아니고, 그는 오직 자연을 따라서만 도치를 할 생각이 떠오른 것이며, 그의 모습은 인위적 기호란 것이 전혀 없고, 지각도 없다시피 하고, 기억력도 갖추지 않았기에 쉽게 두발짐승이나 네발짐승으로 볼 수 있는 저 가공의 사람들과 아주 가깝다고 보는 편이 좋을 것입니다.

선생님, 프랑스어를 몸짓으로 옮기는 유사한 번역이 최근에 나온 대부분의 번역들보다 훌륭하지는 않더라도 큰 영예는 되리라 저는 확신합니다. 여기서 중요한 것은 의미와 사상을 제대로 이해했다는 것뿐만은 아닐 것입니다. 이에 더해 번역에 사용된 기호들의 순서는 원본의 몸짓들의 순서를 충실히 반영하도록 해야 하겠습니다. 이렇게 시도하려면 저자에게 묻고, 저자의 답변을 이해하고, 그것을 정확히 표현할 줄 아는 철학자가 필요할 것입니다. 그러나 하루아침에 철학을 배울 수는 없습니다.

하지만 이 중 하나를 잘하면 다른 것도 훨씬 쉽게 할 수 있고, 질문이 몸짓들을 명확하게 제시하면서 주어져 그 몸짓들로 답변을 구성할 수 있게 될 때, 그 몸짓들을 단어들로 이루어진 등가물로 거의 대체하는 데 이를 수 있으리라는 점을 인정해야 하겠습니다. 제가 거의라고 말한 것은 어떤 웅변의 미문으로도 표현 못 할 숭고한 몸짓이 있기 때문입니다. 셰익스피어 비극에 나오는 맥베스 부인의 몸짓이 그러합니다. 몽유병에 걸린 맥베스 부인은 무대 위에서 눈을 감은 채 그녀가 20년 전에 목을 졸라 죽였던 왕의 피가 손에 묻어 있기라도 하듯 손을 씻는 행동을 모방하면서 말없이 앞으로 나아갑니다.* 말로 표현된 것 가운데 이 여인의 침묵과 손을 움직이는 행동보다 더 비장한 것이 있을까요. 정말이지 회한을 표현하는 엄청난 이미지가 아닙니까?

다른 여인이 죽음을 택해야 할지 삶을 택해야 할지 불확실한 남편에게 죽을 것을 고하는 것을 재현하는 한 가지 방식은 구어의 에너지로는 이를 수 없는 것입니다. 그 여인은 아들을 품에 안고, 남편이 갇혀 있던 탑에서 그 녀를 볼 수 있도록 들판의 한 장소로 갔습니다. 그녀는 얼 마간 탑 쪽을 똑바로 바라본 뒤, 흙을 한 줌 쥐어서 발치 에 눕힌 아들 몸에 십자가 모양으로 뿌렸습니다. 남편은 그 기호를 이해하고 굶어 죽었습니다. 흔히 더없이 숭고 한 사상은 잊히곤 하지만 이런 모습은 마음속에서 지워지 는 법이 없습니다. 선생님, 우리 주제를 너무 벗어나게만 하지 않았다면 이 자리에서 숭고의 국면에 대해 수많은 성찰을 할 수도 있었을 텐데요!

코르네유의 「헤라클리우스」의 저 훌륭한 장면에 등 장하는 수도 없이 많은 아름다운 시구들이 정당하게 예찬 되었습니다. 그 장면에서 비잔틴제국의 황제 포카스는 두 왕자 중 누가 자기 아들인지 모릅니다. 그 장면에서 나머 지를 다 제쳐두고 제가 좋아하는 대목은 그 폭군이 아들 의 이름을 부르면서 한 왕자에게서 다른 왕자 쪽으로 차

---

* 윌리엄 셰익스피어(William Shakespeare), 「맥베스(Macbeth)」, 5막 1장.

레로 시선을 돌리는데, 두 왕자는 꼼짝없이 냉정하게 서 있는 부분입니다.

마르시앙! 이 이름에 누구도 대답하려 하지 않고*

대사가 적힌 종이가 이를 어찌 표현할 수 있을까요! 여기 가 몸짓이 말에 승리를 거두는 바로 그 대목입니다!

만티네이아 전투에서 치명적인 화살이 에파미논다 스를 관통했습니다. 의사들은 화살을 그에게 빼내는 순간 그가 죽고 말리라 진단합니다. 에파미논다스는 제 방패 가 어디 있는지 묻습니다. 전투에서 방패를 잃는 것은 수 치스러운 일이었으니 말입니다. 방패를 가져오자 그는 저 스스로 화살을 뽑습니다.**

코르네유의 비극 「로도귄」의 대미를 장식하는 숭고 한 장면에서 제일 연극적인 순간은 안티오쿠스가 입술에 잔을 가져다 대는데 티마게네스가 "아! 왕자님!" 하고 소 리를 지르며 무대에 들어서는 장면임을 누구도 부정할 수 없습니다.*** 이 몸짓과 저 말 한 마디는 얼마나 많은 생각

---

* 피에르 코르네유(Pierre Corneille), 「헤라클리우스(Héraclius)」, 4막 3장.
** 시칠리아의 디오도로스(Diodorus Siculus)가 지은 『역사 총서(Bibliotheca historica)』 XV권 87장의 내용이다. 고대 그리스 테베의 장군이자 정치가였던 에파미논다스는 펠로폰네소스전쟁에서 아테네, 엘리스, 아르고스와 동맹을 맺고 스파르타에 대항했으며, B. C. 362년 만티네이아 전투에서 스파르타 군을 격파하고 전사했다.
*** 코르네유, 「로도귄(Rodogune)」, 5막 4장. 시리아의 여왕 클레오파트라는 데메트리우스와의 사이에 두 아들 셀레우쿠스와 안티오쿠스를 두었다. 티마게네스는 두

과 감정을 동시에 느끼게 해줍니까! 그런데 또 주제를 벗어나고 말았습니다. 그러니 다시 선천적 농아의 주제로 돌아가겠습니다. 저는 선천적 농아를 한 명 알고 있습니다. 곧 보게 되시겠지만, 재기 넘치는 사람이고 몸짓의 표현도 참 훌륭해서 그분을 유용한 사례로 써볼 수 있지 않을까 합니다.

　언젠가 장기를 두던 날의 일입니다. 농아는 제가 장기 두는 것을 보고 있었죠. 상대방이 절 옴짝달싹 못하는 지경으로 몰아넣었고 그는 이 상황을 제대로 알아차렸습니다. 그는 판이 끝났다고 생각해서 눈을 감고 고개를 숙이고 두 팔을 축 늘어뜨렸습니다. 이런 기호들로 외통장군을 받았다는 것을 알린 것입니다. 말이 났으니 얼마나 몸짓언어가 은유적인지 눈여겨보시기 바랍니다. 처음에 저는 그의 생각이 옳았다고 생각했습니다. 하지만 공격이 교묘했고, 가능한 조합을 다 맞춰보지 않았기 때문에 서둘러 돌을 던지지 않으려고 했습니다. 뭔가 방책이 있지 않을까 찾기 시작했죠. 농아는 내내 방법이 없다는 의견이었습니다. 그는 고개를 아주 분명하게 가로젓고, 뺏긴 말을 장기판에 다시 올려두면서 그런 말을 한 것입니다. 그가 그런 모습을 하니까 구경하던 다른 사람들이 바로 이야기를 시작했고, 검토를 해서 궁여지책이나마 써본 결과 좋은 해법을 하나 찾아냈습니다. 전 기회를 놓치

왕자의 가정교사 역이다.

지 않고 그 해법을 써먹었죠. 그리고 농아에게 당신이 틀렸고, 당신은 끝났다고 생각했지만 장군에서 벗어나지 않느냐고 알려주었습니다. 하지만 그는 손가락으로 장기 두는 걸 보고 있던 사람들을 한 사람씩 차례로 가리키더니 두 팔을 문과 탁자 방향으로 왔다 갔다 큰 동작으로 움직이는 동시에 입술을 조그맣게 움직이면서 제게 어중이떠중이(le tiers, le quart et les passants)의 충고를 듣고 장군을 피해봤자 좋을 것이 없다고 대답했습니다. 농아의 몸짓이 뜻했던 것은 정말이지 명백해서 누구라도 잘못 생각할 수가 없었고, 대중적인 표현으로 어중이떠중이에게 묻는다는 것은 동시에 여러 사람 말을 듣는다는 일이었습니다. 그래서 좋든 나쁘든 농아는 그 표현을 몸짓으로 생각해냈던 것입니다.

선생님께서는 소나타를 색(色)으로 연주하도록 발명된 특별한 기계*를, 적어도 이름은 들어 알고 계시죠. 눈으로 듣는 음악을 다소라도 즐길 줄 알고 그 음악을 편견 없이 판단할 줄 아는 사람이 세상에 한 명 있다면 선천적 농아가 바로 그 사람이었습니다. 그래서 저는 그 사람을 생자크 가**로 데려가 색으로 연주하는 기계를 보도록 했습니다. 아! 선생님! 선생님께서는 이 기계를 보고 그가

---

* 예수회 신부 루이베르나르 카스텔(Louis-Bernard Castel, 1688~1757)이 발명한 눈으로 듣는 클라브생(피아노의 전신)인 클라브생 오퀼레르(Clavecin oculaire)라는 악기를 말한다. 카스텔은 『트레부』지의 주필이었는데, 『색깔의 광학(Optique des couleurs)』(1740)에서 이 악기에 대한 이론을 개진한 바 있다.
** 카스텔이 학생들을 가르쳤던 클레르몽 학교가 있던 곳이다.

얼마나 큰 감명을 받았는지 모르실 것이고, 그가 어떤 생각을 하게 되었는지는 더욱 모르실 것입니다.

우선 선생님께서는 클라브생의 본성과 그 악기의 경이로운 속성이 무엇인지 그에게 설명하는 일이 전혀 불가능하고, 그는 소리에 대한 관념이 전혀 없으니까 눈으로 듣는 악기를 봤을 때 그가 했던 생각은 확실히 음악과는 아무런 관계가 없고, 그가 클라브생이라는 악기의 용도가 무엇인지 우리가 조음기관을 어떻게 사용하는지에 대한 것만큼이나 이해할 수 없으리라는 점은 동의하시겠지요. 그러니 카스텔 신부가 부채꼴 판 위에 색을 표현한 것을 보고 그가 놀라워했을 때 그는 무슨 생각을 했겠으며, 그의 감탄의 근거는 무엇이었을까요? 선생님, 저 천재적인 기계를 보고 선천적 농아가 어떤 가설을 세웠을지 한번 모색해보시고 맞춰보시기 바랍니다. 그 기계 악기를 직접 본 사람은 드물지만 많은 사람들이 그 악기를 주제로 이야기했습니다. 그 악기가 발명된 것을 감지덕지해야 할 사람들은 그걸 경멸적으로 말했던 사람들이 아니겠습니까. 그렇지 않으시다면, 제 이야기를 들어보세요. 다음이 그것입니다.

제가 말씀드리는 농아는 그 악기를 만든 저 천재적인 발명가 역시 농아였고, 그 발명가는 다른 사람과 대화를 나눌 목적으로 클라브생을 발명했고, 알파벳문자 하나에 해당하는 건반의 음가가 제각기 미세한 차이를 만들어주고, 건반 막대에 손가락을 올리고 날렵하게 움직이면서 이들 문자를 결합해서 단어를 만들고, 문장을 만들고, 마침내 색으로 표현된 담화를 만든다고 생각했습니다.

보통 농아라면 이렇게 통찰의 노력을 기울여보고는 아주 뿌듯해할 수 있었으리라는 점에 동의하시겠지요. 하지만 제가 말씀드리는 농아는 그걸로 만족하지 않았습니다. 그는 단번에 음악이 무언지, 악기란 무언지 알았다고 생각했습니다. 음악이란 생각을 전하는 특별한 방식이며, 교현금(絞弦琴),* 바이올린, 트럼펫 등의 악기는 조음기관이 우리 손에 달려 있는 것이라고 생각했지요. 선생님께서는 악기 소리를, 음악을 들어본 적 없는 사람 생각이 그렇지 않느냐고 말씀하시겠죠. 그런데 부탁드립니다만 농아의 생각은 선생님의 입장에서는 틀림없이 틀린 것이지만, 농아의 입장에서는 거의 입증된 것이라는 점을 고려해주시기 바랍니다. 농아가 우리가 음악에, 악기 연주자에 깊은 주의를 기울이고, 아름다운 화성에 감동하면서 우리의 얼굴과 몸짓에 기쁨이나 슬픔의 기호들이 그려지는 것을 기억하고, 그 효과를 연설의 효과 및 다른 외부 대상의 효과와 비교해볼 때, 어떻게 그 농아는 소리에는 양식(良識)이라는 것이 존재하지 않으며, 성악을 들을 때도 기악을 들을 때도 우리 내부에 뚜렷한 지각이 전혀 일어나지 않는다고 생각할 수 있겠습니까.

선생님, 우리가 하는 생각, 추론, 체계, 그러니까 한

* 활 대신 핸들을 돌려 연주하는 중세의 현악기.

마디로 말해서 그 많은 철학자들에게 명성을 얻게 해준 저 개념들을 고스란히 그려주는 이미지가 여기 있지 않겠습니까? 철학자들이라면 다반사로 겪는 일인데, 사물을 판단하다가 그걸 올바로 이해하려면 제게 없는 어떤 기관이 필요할 것 같다고 생각할 때마다, 그들은 제가 선생님께 말씀드리고 있는 농아보다 명민함이 덜하고 그 농아보다 진리에서 더 벗어나 있음을 보여준 것입니다. 결국 입으로든 악기로든 말을 명확하게 하지 못하고, 소리가 말이든 생각이든 분명히 그려 보여주지 못한대도, 그래도 무언가를 말하고 있는 것입니다.

『눈으로 볼 수 있는 사람들을 위한 [맹인에 대한] 편지』에 나오는 문제의 맹인은 망원경과 렌즈에 대해 판단을 내릴 때 확실히 대단한 통찰력을 보여주었습니다. 거울에 대한 정의는 참으로 놀라웠습니다.* 하지만 저는 우리가 말하고 있는 농아가 카스텔 신부의 눈으로 듣는 클라브생과 우리가 사용하는 악기와 음악에 대해 상상했던 것이 더 심오하고 더 진실하다고 생각합니다. 그것이 무엇인지 정확히 알지는 못했지만 그것이 무엇이어야 하는지에 대해서는 알고 있는 것이나 다름없었습니다.

선생님께서 그림이 걸려 있는 회랑을 거니는 사람

* 디드로가 퓌조의 선천적 맹인에게 거울이라는 것을 어떻게 생각하는지 물었는데, 그 맹인은 그것은 "기계로, 사물이, 그 기계에서 적당한 거리에 놓여 있으면 사물과 멀어도 그것을 부각시켜 보여주며", "그것은 내 손과 같은 것으로, 어떤 사물을 느끼려면 그것을 그 사물 옆에 두지 말아야 한다"고 답했다. 드니 디드로, 『맹인에 관한 서한』(이은주 옮김, 지식을만드는지식, 2010), 30쪽(번역 수정).

이 그림 생각은 하지도 않고, 귀머거리인 척하면서 자기가 알고 있는 주제에 대해 서로 이야기를 나누는 벙어리들을 재미있게 살펴보는 것을 고려해 보신다면 아마 이런 명민함이 그다지 놀라운 일은 아닐 것입니다. 제 앞에 놓였던 그림들을 바라봤던 관점들 중 하나가 바로 이런 것입니다. 저는 그 관점이 이렇게도 볼 수 있고 저렇게도 볼 수 있는 모호한 행동과 몸동작을 이해하고, 엉망진창으로 배열된 사실이나 시작부터 어긋난 대화에서 마음을 금세 차가워지거나 격렬해지게 만들고, 여러 색채로 표현된 무대에서 따분하거나 억지로 표현된 연기의 모든 결함을 포착하는 확실한 방법이라고 생각했습니다.

제가 좀 전에 여기서 특별히 연극 무대에서 쓰이는 연기(演技)라는 용어를 사용했던 것은 그것이 제 생각을 제대로 전해주기 때문인데, 그 용어를 들으면 예전에 간혹 했던 경험 한 가지가 떠오릅니다. 저는 숱한 독서보다 그 경험에서 배우들의 동작이며 몸짓에 대해 더 많은 지식을 끌어냈습니다. 예전에 공연을 보러 극장 문이 닳도록 드나든 적이 있었지요. 수많은 프랑스 연극 작품 대부분을 줄줄 외우고 있었습니다. 배우들의 동작과 몸짓을 한번 연구해보자고 결심했던 시절, 저는 4층 관람석으로 올라갔습니다. 배우와 거리가 멀어질수록 자리를 제대로 잡은 것이기 때문입니다. 막이 오르자마자 관객들 전부 귀를 쫑긋 세우고 들을 준비를 하는 순간에 저는 손으로 귀를 막았으니, 주변에 있던 사람들이 놀랄 만도 했습니다. 그 사람들은 제 행동을 이해하지 못해서 저를 거의 미친놈 취급을 했습니다. 희극을 보러 온 사람이 들으려고 하지 않았으니까요. 하지만 저는 그런 판단에는 전혀 개의치 않고 배우의 연기와 행동이 제가 기억하고 있는 대사와 일치하는 것처럼 보일수록 고집스럽게 귀를 틀어막았습니다. 배우의 몸짓이 이상스럽거나 그렇다고 생각되면 그제야 귀를 기울여 들어보았습니다. 아! 선생님, 그런 시험을 통과할 수 있는 배우들은 정말 없다시피 하더군요. 배우들 대부분은 제가 세세한 데까지 들춰내면 부끄러워 얼굴도 못 들 겁니다. 그러나 제가 선생님께 말씀드리고 싶은 것은 비장한 대목에서 귀는 계속 틀어막고 있었지만 제 두 눈에 눈물이 흐르는 것을 보고서 주변 사람들이 또 한 번 놀라지 않을 수 없었다는 점입니다. 그러자 더는 주체를 못 하고, 관심도 없던 사람들이 제게 물어보는 것이었습니다. 저는 쌀쌀맞게 이렇게 대답했습니다. "각자 듣는 방식이 있지 않습니까? 더 잘 들으려면 귀를 틀어막아야 한다는 게 제 방식입니다." 제 행동이 별난 것으로 보였든 실제로 별났든 화제가 된 것에 속으로 웃음이 났습니다. 젊은 관객 몇 명이 순진하게도 제 방식으로 한번 들어보려고 저랑 똑같이 손가락으로 귀를 틀어막아봤지만 아무 효과도 없어서 기막혀하는 것을 보고는 더 웃음이 났지요.

선생님께서 제 방편을 어떻게 생각하시건, 말의 억양을 바르게 판단하기 위해서 배우를 보지 말고 대사를 들어야 한다면, 몸짓과 동작을 바르게 판단하기 위해서는 대사를 듣지 말고 배우를 고려해야 한다는 생각이 지극히 당연하다는 점을 헤아려 주시기를 부탁드립니다. 더욱이 「절뚝발이 악마(Le Diable Boiteux)」, 「살라망카의 학사(學士)(Le Bachelier de Salamanque)」, 「산티아나의 질 블라스(Gil Blas de Santillanne)」, 「튀르카레(Turcaret)」를 비롯해 수많은 희곡과 오페라코미크 작품을 내놓고, 누구도 따라올 수 없는 아들 몽메닐로 명성이 나 있는 저 유명한 작가 르사주 씨는 노년에 귀가 멀어서 그에게 말을 들려주려면 보청기에 입을 대고 있는 힘껏 소리를 질러야 했습니다.* 하지만 르사주 씨는 자기 작품이 공연되는 데 가서 한 마디도 놓치는 법이 없었고, 배우들 말소리가 더는 들리지 않았을 때 자기 작품과 연기를 더 잘 판단할 수 있었다는 말까지 했습니다. 저는 경험에 비추어 그가 옳았다고 확신했습니다.

그러므로 몸짓언어에 대한 연구에 기대보면, 우선 주된 관념부터 제시되어야 문장 구성이 훌륭해지는 것 같았습니다. 주된 관념이 제시돼야 몸짓이 관련되어야 했던

---

* 루이 앙드레 르사주 드 몽메닐(Louis-André Lesage de Montménil, 1695~1743)은 프랑스의 소설가이자 극작가였던 알랭 르네 르사주(Alain René Lesage, 1668~1747)의 장남으로 1726년 테아트르프랑세(Théâtre-Français)에서 배우로 데뷔했다. 『배우에 관한 역설(Paradoxe sur le comédien)』에서 디드로는 "저는 말년이 매우 비극적이었던 어떤 친구를 알고 있는데요. 이 친구의 아버지도 잘 알고 지냈지요. 이 아버지는 보청기에 대고 말을 해달라고 부탁을 하셨습니다"라고 쓴 바 있다. 드니 디드로, 『배우에 관한 역설』(주미사 옮김, 문학과지성사, 2001), 121쪽(번역 수정).

관념을 지시하면서 다른 관념들도 생생하게 살아나기 때문입니다. 웅변에서든 몸짓으로 표현되었든 절(節)의 주어가 언급되지 않을 때 다른 기호들은 적용이 유보된 상태에 놓여 있습니다. 그리스어와 라틴어 문장에서 항상 이런 일이 벌어집니다만, 몸짓으로 표현된 문장에서는 구성이 잘 되었다면 결코 있을 수 없는 일이지요.

　　제가 선천적 농아와 식탁에 앉아 있습니다. 농아가 하인더러 제 잔에 마실 물을 따라주라고 시키려고 합니다. 우선 하인에게 신호를 합니다. 그리고 저를 쳐다봅니다. 그다음에 팔을 움직이고 오른손을 써서 마실 물을 따르는 사람의 동작을 흉내 냅니다. 이 문장에서 마지막 두 기호 가운데 어떤 것이 다른 기호보다 앞에 오는지 뒤에 오는지는 상관이 없다시피 합니다. 농아는 하인에게 신호를 한 다음에, 시킬 일을 가리키는 기호부터 배치하거나 그 메시지가 향하는 사람을 나타내는 기호를 배치할 수 있습니다. 하지만 첫 번째 몸짓의 자리는 고정되어 있습니다. 그 자리를 바꿀 수 있는 사람은 논리력이 없는 농아뿐입니다. 그 자리를 바꾸는 일은 누구를 향해 말을 하는지 모르면서 부주의하게 말을 하는 사람만큼 우스꽝스러운 것이나 마찬가지입니다. 다른 두 몸짓의 순서를 배치하는 것은 아마 정확성의 문제이기보다는 취향, 일시적인 기분, 예법, 듣기 좋게 이루어진 조화, 장식, 스타일의 문제일 것입니다. 일반적으로 한 문장에 더 많은 관념이 들어갈수록, 몸짓이나 다른 기호들을 다양하게 배치할 가능성은 더 늘어나고, 그렇게 되면 곡해될 가능성, 두 가지 이상으로 모호하게 해석될 가능성, 문장 구성상의 다른 결함에 빠질 가능성은 더 많아질 것입니다. 글을 보고 생각을 어떻게 하는 사람인지, 품행은 어떤 사람인지 올바로 판단할 수 있는지 모르겠지만, 스타일이나 더 정확히 말해 문장 구성을 보고 판단한다면 그가 정확한 정신을 가진 사람인지에 대해서는 잘못 생각할 수 없다고 믿습니다. 제가 이 점에 대해 결코 잘못 생각하지 않았다는 점만큼은 선생님께 확실히 말씀드릴 수 있습니다. 문장을 좋게 고치는데 이를 완전히 뜯어고쳐서 다시 써주어야 하는 사람은 머리를 개선해주기 위해서 새 머리를 달아주지 않으면 안 되는 사람이라는 점을 알았던 것입니다.

하지만 수많은 배열이 가능한데, 사어(死語)일 때는 관례적으로 허용되었던 구성인지 어떻게 구분할 수 있을까요? 프랑스어는 단순하고 일정한 형태를 가지므로 저는 대담하게도 프랑스어가 사어가 된다면 그리스어나 라틴어보다 더 쉽게 [이를] 정확히 말하고 쓸 수 있으리라고 말할 수 있습니다. 오늘날 우리가 라틴어와 그리스어로 쓸 때 키케로와 데모스테네스 시대의 용례에 없었고 엄격한 귀를 가졌던 저 웅변가들이라면 받아들이지 않았을 도치들을 얼마나 많이 사용하고 있습니까?

하지만 이렇게들 말할 것입니다. 프랑스어에는 실사 앞에 오는 형용사들이 있고 실사 뒤에만 놓이는 형용사들이 있지 않느냐고 말입니다. 우리 후손은 이 미묘한 차이를 어떻게 알 수 있을까요? 훌륭한 저자들의 책을 읽는 것으로는 충분하지 않습니다. 이 점에 대해 저는 선생님과 같은 의견입니다. 프랑스어가 사어가 된다면 프랑스어를 배우고 사용하기 위해서 프랑스 작가들을 중시할 미래의 학자들은 틀림없이 '*blanc bonnet*'이나 '*bonnet blanc*', '*méchant auteur*'이나 '*auteur méchant*', '*homme galant*'이나 '*galant homme*' 같은 수많은 다른 사례들을 구분하지 않고 쓸 것*입니다. 그런 표현들 때문에 그것을 읽어주러 우리가 부활했다면 그 학자들의 저작들은 완전히 우스꽝스럽게 보일 것이겠지만, 그렇다고 그 후세 학자들과 동시대에 살아가는 비전문가들이 어떤 프랑스 연극 작품을 읽으면서 "라신은 더 정확히 썼던 것은 아니다, 완전히 흠잡을 데 없는 것은 부알로다, 보쉬에는 더 잘 말할 수 없었을 것이다, 이 산문은 음수율과 힘, 우아함, 볼테르 산

---

* 뒤 마르세는 "프랑스어에서 용례에 따른 우아한 구문에 의하면 실사를 형용사 앞에 두거나 형용사를 실사 앞에 두는 것은 아무래도 좋은 일이 아니다. 의미를 이해하도록 하려면 'bonnet blanc'으로 말해도 좋고 'blanc bonnet'['흰 모자'라는 뜻]으로 말해도 좋다는 것이 사실이다. 그러나 웅변이나 용례에 따른 구문을 놓고 봤을 때는 'bonnet blanc'으로만 써야 한다. 이 점에 대해 규칙이라고 할 수 있는 것은 숙련된 귀, 즉 올바른 용례를 사용하는 국민들의 교제에 익숙한 귀뿐이다"('형용사' 항목, 『백과사전』 I권, 135a쪽)라고 했다. 콩디야크는 "이 점에 대해 실사가 때로는 형용사 앞에, 때로는 형용사 뒤에 위치했던 점을 전자의 관념이나 후자의 관념에 더 치중하기 위해서라는 점을 따라 관찰해야 한다"(『인간 지식 기원론』, 2부 9장 §94)고 말했다.
　　프랑스어는 일반적으로 형용사를 실사 뒤에 두지만, 형용사가 실사 앞에 와서 의미가 바뀌는 경우도 간혹 있다. 'méchant auteur'는 보잘것없는 작가, 'auteur méchant'은 사악한 작가, 'homme galant'은 [여자에게] 환심을 사려 드는 남자, 'galant homme'은 신사를 가리킨다. 그러나 'blanc bonnet'와 'bonnet blanc'은 어느 쪽으로 써도 의미가 같다('흰 모자'). 하지만 뒤 마르세, 디드로, 콩디야크는 이 두 표현이 경우에 따라 완전히 똑같은 의미를 갖는 것은 아니고, 그 차이가 점차 잊혔다고 본다.

문의 평이함을 갖췄다" 운운하며 목소리를 높이지 못하게 할 수는 없을 것입니다. 그렇대도 정말 몇 가지가 되지 않는 혼란스러운 경우 때문에 우리 뒤에 올 후손들이 숱한 어리석은 표현들을 쓰게 된다면 오늘날 그리스어와 라틴어로 쓴 우리의 저작들이며 그 저작들이 갈채를 받았다는 사실은 어떻게 생각해야겠습니까?

　선천적 농아와 대화를 나누면서 거의 극복할 수 없는 한 가지 어려움을 겪게 됩니다. 음수율이 됐든, 음역이 됐든, 음의 길이가 됐든, 장단에서 확정되지 않은 채 남은 부분들을 보여줄 수 없고, 일반적인 추상화 과정을 전체적으로 전할 수 없다는 어려움 말입니다. 농아에게 '나는 했다'는 표현을 단순과거, 복합과거, 반과거, 전미래*의 다양한 시제로 이해하게끔 했는지 자신이 없습니다. 조건법 문장도 마찬가지입니다. 그래서 언어의 기원에서 과일에게, 물에게, 나무들에게, 동물들에게, 뱀들에게, 열정에게, 장소에게, 사람들에게, 특질들에게, 양(量)에게, 시간에게 등과 같은 감각의 1차 대상에 이름을 부여하는 것부터 시작되었다고 제가 했던 말이 옳았다면, 여기에 덧붙여 시제나 지속된 시간의 여러 부분들을 나타내는 기호는 제일 늦게 고안되었다고 말할 수 있습니다. 저는 수 세기에 걸쳐 시제는 직설법 현재나 부정법밖에 없었고, 이 시제를

---

* 원문에는 "'je fis, j'ai fait, je faisais, j'aurais fait'와 같은 다양한 시제"라고 되어 있는데, 한국어로 정확히 옮기기 어려워 해당 표현이 가리키는 시제를 지칭하는 용어로 수정했다.

상황에 따라 때로는 미래 시제로, 때로는 완료 시제로 썼다고 생각했습니다.

프랑크어의 현재 상태를 보면 위의 가설이 정당화된다고 생각했습니다. 프랑크어는 터키와 레반트 지역 항구들에서 교역을 하는 다양한 기독교 국가들이 쓰는 언어입니다. 저는 프랑크어가 여전히 예전 그대로라고 보는데, 이 언어는 결코 완성된 적이 없었던 것 같습니다. 오염된 이탈리아어가 이 언어의 기반이 되었습니다. 동사 시제에는 부정법 현재밖에 없어서, 문장에 쓰이는 단어나 상황이 달라지면 의미가 따라서 변합니다. 그래서 '나는 너를 사랑한다'의 현재형, 반과거형, 미래형이 프랑크어에서는 모두 '*mi amarti*'입니다. '모든 사람이 노래를 불렀다, 각자 노래 한 곡씩 해야지, 모든 사람이 노래할 것이다'는 모두 '*tutti cantara*'이고, '나는 너와 결혼하고 싶다, 나는 너와 결혼하고 싶었다, 나는 너와 결혼하려고 했지, 나는 너와 결혼했으면 좋겠다'는 모두 '*mi voleri sposarti*'입니다.

도치가 언어에 들어와 보존된 것은 웅변의 기호(les signes oratoires)가 몸짓의 순서를 따라 만들어졌고, 이 기호들이 자기가 먼저 생겼다는 장자(長子)권을 주장하기 때문에 문장 속에서 얻었던 서열을 계속 간직하려고 하는 것이 당연하기 때문이라고 생각했습니다. 같은 이유로 어미변화가 완전히 형성된 다음에도 역시 동사 시제들을 혼동해서 쓰는 일은 그대로 남았기 때문에, 히브리어처럼 어떤 시제들을 완전히 필요로 하지 않았던 언어들이 있습니다. 히브리어는 현재 시제도 없고 반과거 시제도 없어서, 현재형인 '나는 믿고 그런 이유로 나는 말한다(*Credo et ideò loquor*)'와 과거형인 '나는 믿었고 그런 이유로 나는 말했다(*Credidi propter quod locutus sum*)'로 완전히 똑같이 말합니다. 또 동일한 시제를 이중으로 사용하는 언어도 있었습니다. 아오리스트 시제*를 현재형으로도 해석하고 과거형으로도 해석하는 그리스어가 그런 경우입니다. 수많은 사례가 있지만 선생님께서 다른 것보다 잘 모르실 사례를 하나 인용하는 것으로 그칠까 합니다. 에픽테토스의 다음 문장입니다.

> Θέλοθσι καὶ αὐτοὶ φιλοσοφεῖν ἄνθρωπε, πρῶτον ἐπίσκε-
> ψαι, ὁποῖόν ἐστι τὸ πρᾶγμα εἶτα καὶ τὴν σεαυτοῦ φύσιν
> κατάμαθε, εἰ δύνασαι βαστάσαι πένταθλος εἶναι βούλει ἢ
> παλαιστής ; ἴδε σεαυτοῦ τοὺς βραχίονας, τοὺς μηρούς,
> τὴν ὀσφὺν κατάμαθε.
> —에픽테토스, 『엥케이리디온』 42쪽**

의미는 다음과 같습니다. "이 사람들 역시 철학자이고 싶어 한다. 인간이여, 우선 되고자 하는 것이 무엇인지 배우

---

* 아오리스트(ἀόριστος, '확정되지 않았다'는 뜻)는 그리스어에서 확정되지 않은 시제를 가리킨다. 이 경우 시제는 오직 문맥에 따라 결정된다.
** 에픽테토스의 『담화록』 39장에 나오는 문장.

기부터 하라. 네 힘이 얼마나 되고 네 짐이 얼마나 무거운지 연구부터 끝내도록 하라. 짐을 짊어져볼 수 있다면 [짐을] 보기부터 하라. 네 두 팔과 두 다리를 고려하기부터 하라. 5종경기 선수(quinquertion)나 격투사가 되고자 한다면 네 허리가 얼마나 강한지 느껴보기부터 하라." 그런데 첫 번째 아오리스트 'ἐπίσκεψαι', 'βαστάσαι'와 두 번째 아오리스트 'κατάμαθε'와 'ἰδέ'에 현재 시제의 가치를 부여하면 훨씬 더 잘 표현됩니다. "이 사람들 역시 철학자이고 싶어 한다. 인간이여, 세상만사가 무엇인지 배워라. 네 힘이 얼마나 되는지 지고자 하는 짐이 얼마나 무거운지 느껴보라. 네 두 팔과 네 두 다리를 고려하라. 5종경기 선수나 격투사가 되고자 한다면 네 허리가 얼마나 강한지 느껴보라." 선생님께서는 여기서 5종경기 선수란 체육의 모든 훈련에서 두각을 나타냄을 자랑하는 사람이라는 점을 모르지 않으십니다.

저는 이렇게 별난 시제를 초기 언어들의 불완전함으로, 언어들의 유년기의 흔적으로 봅니다. 양식(良識)을 가진 사람이 이런 것을 비판하면서 표현은 한 가지인데 어떻게 여러 관념을 가질 수 있느냐고 나중에 비판을 한대도 헛일입니다. 이미 습관이 들어버렸으니,* 용례를 따라 양식은 침묵을 지킬 수밖에요. 그러나 그리스나 라틴 작가 중에 이 별난 시제에 결함이 있음을 느꼈을 사람은

---

* 원문에는 "주름은 이미 잡힌 것이니(le pli était pris)"로 되어 있다.

아마 한 명도 없을 것입니다. 저는 이에 더해 자신의 담화나 기호들의 인위적 순서가 정확히 정신이 바라보는 시선의 순서를 따른다고 생각했던 사람도 아마 한 명도 없을 것이라고 말씀드립니다. 그런데 그것은 잘못된 생각임이 확실합니다. 키케로가 「마르켈루스를 위한 연설(Pro Marcello)」을 "원로원 여러분, 최근 내 규칙이었던 오랜 침묵의……(*Diuturni silentii, Patres Conscripti, quo eram his temporibus usus, etc*)"로 시작할 때,* 그의 머릿속에 오랫동안 침묵하기에 앞서, 오랫동안 침묵하는 내내 뒤따랐고, 결국 그 침묵을 끝내도록 했던 어떤 관념이 먼저 있었다는 점을 알게 됩니다. 그래서 그는 "오랜 침묵을(*Diuturnum silentium*)"이라고 목적격으로 말하는 대신 [결합되게 될 명사구와 거리를 두므로 중단의 효과를 만들어내는] 속격(屬格)으로 "오랜 침묵의(*Diuturni silentii*)"라고 말하지 않을 수 없었습니다.**

---

* 키케로의 이 연설은 다음과 같이 시작된다. "Diutrurni silentii(오랜 침묵의), patres conscripti(원로원 여러분), quo eram(제가 처해 있었던) his temporibus(최근) usus(규칙) non timore aliquo(두려워서가 아니라), sed partim dolore(고통스럽고), partim verecundia(신중했기 때문이오), finem hodiernus dies attulit(오늘 끝을 보았습니다)... (원로원 여러분, 최근 내 규칙이었던 오랜 침묵의, 두려워서가 아니라 고통스럽고 신중했기 때문이오. 오늘 [그 오랜 침묵의] 끝을 보았습니다…….)"

** 이 논쟁의 기원은 뷔피에 신부(P. Buffier)의 『정신이 모든 것을 올바로 판단하게끔 하기 위한 저속한 편견에 대한 검토(Examen des préjugés vulagires pour disposer l'esprit à juger sainement de tout)』(마리에트[Mariette], 1714, 209쪽)로 거슬러 올라간다. 여기서 뷔피에 신부는 "사실 키케로의 라틴어 문장처럼 자연적 순서를 따라 '오늘이 지금까지 가져온 긴 침묵을 끝내야 하는 날이오(ce jour doit mettre fin au long silence que j'ai gardé jusqu'ici)'라고 말하는 대신 '지금까지 가져온 긴 침묵에 끝을 내야 하는 오늘(Au long silence que j'ai gardé jusqu'ici... doit mettre fin ce

제가 「마르켈루스를 위한 연설」 도입부의 도치에 대해서 말한 것은 다른 모든 도치에도 적용 가능합니다. 일반적으로 그리스어나 라틴어 도미문(période, 掉尾文)*은 제아무리 길더라도 저자가 어떤 접미사가 아니라 이런 접미사, 저런 접미사를 사용한 데는 다 이유가 있기 때문에 이들 단어를 지배하는 도치가 관념에는 없었다는 점을 시작부터 알게 됩니다. 실제로 앞에 나온 도미문에서 키케로는 무엇 때문에 속격(屬格)으로 '*Diuturni silentii*'를, 탈격(奪格)으로 '*quo*'를, 반과거로 '*eram*'을, 이런 식으로 써야겠다고 결정했을까요? 키케로의 머릿속에 표현의 순서와는 정반대로 미리부터 존재했던 관념들의 순서, 그렇게 배치하는 데 오랫동안 습관이 들어서 그렇게 위치를 이동시켰던 것이라 미처 깨닫지도 않고 따른 순서가 있어서가 아닐까요? 그러면 왜 키케로는 깨닫지 못하고 위치를 이동시키지 않았을까요? 관념들의 자연적인 추이에 따라

---

jour)'이라고 말하는 것은 얼마나 대단한 문장 배치라 할 것인가"라고 썼다. 바퇴는 자연적 순서의 정의를 뒤집어 뷔피에 신부와는 반대로 키케로의 문장에서 자연적 순서가 지켜지고 있다고 주장한다(『프랑스어 문장에 대한 편지[Lettre sur la phrase française]』). "예를 들어 케사르가 마르켈루스를 용서해준 것에 대해 키케로가 감사의 뜻을 표현하기 위해, 오랫동안 침묵을 지켰던 것처럼 자리에서 일어났을 때 이는 새로운 것처럼 보일 수 있다. 이는 듣는 사람의 정신에 제시된 첫 번째 대상이다. 그래서 웅변가 키케로는 첫마디부터 "Diuturni silentii" 운운으로 시작한 것이다. 듣는 사람의 두 번째 생각은 왜 그가 오랫동안 침묵했는지에 대한 것이다. 두려워서였을 수 있다. 그러나 웅변가는 쫓기고자 하지 않는다. 그는 두려움이 아니라 'non timore aliquo'라는 관념을 제거한다. 그러니까 진짜 이유는 무엇인가? 고통과 신중(partim dolore, partime vercundi)이다. 그러므로 이들 생각 사이에는 말하는 사람과 듣는 사람에게 동일한 한 가지 원칙이 규정하는 자연적인 순서가 있다."

* 수사학 용어로 문미(文尾)에 가서야 의미가 완성되는 긴 문장을 말한다.

언어를 형성했다고 믿는 우리에게 그런 일이 일어나서가
아닐까요? 그러므로 관념과 기호의 자연적 순서와 학문
적이고 인위적인 순서를 구분했던 제가 옳았습니다.

　　선생님, 그런데도 선생님께서는 선생님과 저 사이에
문제가 되고 있는 키케로의 도미문에 도치가 없었다는 주
장을 펼쳐야 한다고 믿으십니다.* 어떤 점에서 선생님께
서 옳을 수도 있다는 점을 부인하지는 않습니다만 그렇다
고 확신하려면 다음의 두 가지 성찰을 해볼 필요가 있는
데 제가 보기에는 선생님께서 그 두 가지를 놓치셨던 것
같습니다. 첫 번째는 고유하게 말해서 도치 혹은 제도적
순서, 즉 학문적·문법적 순서는 관념의 순서와 반대되는
단어들의 순서와 다른 것이 아니므로 어떤 순서에서 도치
인 것이 다른 순서에서는 도치가 아니기도 합니다.** 잇달
아 나오는 관념들 가운데 똑같은 관념을 들으면 누구라도
똑같이 느끼게 되는 일이 항상 일어나는 것은 아니니까
요. 예를 들어 '뱀을 피하라(Serpentem fuge)'라는 문장에
들어 있는 두 관념 중 주된 관념이 무엇인지 선생님께 묻
고 싶습니다. 선생님께서는 뱀이 주된 관념이라고 하시겠
지요. 하지만 다른 사람은 도망이 주된 관념이라고 주장
할 것입니다. 두 분 모두 맞습니다. 겁이 많은 사람은 뱀

---

* 바퇴는 키케로 문장이 웅변의 순서를 따르고 있으므로 도치가 없다고 본다. 바퇴는
행동의 필연에 근거한 순서를 웅변의 순서라고 부르기 때문이다. 디드로는 키케로
문장의 순서를 웅변가가 청중의 정신을 능가하는 관념을 투사한 것과 관련된다고 본다.
** 바퇴는 자연적 순서를 "말하는 사람과 듣는 사람에게 동일한 원칙으로 규정"되는
순서로 본다.

생각만 할 것이고, 뱀보다는 내가 죽으면 어쩌나 걱정하는 사람은 내가 도망가야 한다는 생각만 합니다. 앞의 사람은 무서워하고만 있지만 뒤의 사람은 제게 알려줍니다. 제가 주목하는 두 번째 점은 다른 사람에게 계속 이어지는 관념들을 제공해야 할 때 그들의 마음을 움직이게 되는 주된 관념과 우리 마음을 움직이게 되는 관념이 동일하지 않을 때마다, [말을 하고 있는] 우리와 우리가 하는 말을 듣는 사람들의 입장이 상이하기 때문에, 우리의 말을 듣는 사람에게 우선적으로 주된 관념부터 제시해야 한다는 것입니다. 이 경우 도치는 엄밀히 말해서 웅변적일 수밖에 없습니다. 이렇게 성찰한 것을 「마르켈루스를 위한 연설」의 첫 번째 도미문에 적용해보도록 합시다. 저는 키케로가 기나긴 연설을 위해 연단에 오르는 모습을 그려봅니다. 그의 말을 기다리는 청중을 제일 먼저 놀라게 했을 것은 키케로가 오랫동안 연단에 오르지 않았다는 점입니다. 그래서 '오랜 침묵의(*Diuturni silentii*)'는 키케로가 청중에게 제시해야 하는 첫 번째 관념입니다. 주된 관념은 이것이 아니라 '오늘 [그 오랜 침묵의] 끝을 보았습니다(*hodiernus dies finem attulit*)'이기는 하지만 말입니다. 연단에 오르는 웅변가를 가장 사로잡는 것은 자기가 곧 말하게 된다는 것이지 오랫동안 침묵을 지켰다는 것이 아니기 때문입니다. 또 저는 속격으로 쓴 '오랜 침묵의(*Diuturni silentii*)'에 다른 섬세한 부분이 있다는 데 주목합니다. 청중은 키케로의 오랜 침묵을 생각할 때마다 그가 그렇게 침묵했던 이유가 무엇인지와 함께, 그가 침묵을 떨치게끔 결심하게 만들었던 이유를 찾게 됩니다. 그런데 속격을 써서 중단을 표시하게 되면 청중은 웅변가가 한꺼번에 동시에 제시할 수 없었던 관념들 전체를 자연스럽게 기다리게 됩니다.

선생님, 우리가 논의하고 있고, 제가 보기에는 선생님께서 말씀을 해주셨어야 했던 문장에 대해 몇 가지 고찰을 제시해 드렸습니다. 확신컨대 키케로가 로마에서 연설하지 않고 갑자기 아프리카로 옮겨 가 카르타고에서 변론해야 했다면 이 도미문은 완전히 다른 식으로 배치될 수도 있었습니다. 선생님, 그러니까 키케로의 청중에게는 도치가 아니었던 것이 키케로에게는 도치임에 틀림없다는 점을 이해하시겠습니까?

하지만 한 번 더 멀리 가봅시다. 제 주장은 한 문장에 들어 있는 관념의 수가 아주 적다면 말하는 사람의 입장과 관련해봤을 때 이 관념들의 자연적 순서가 무엇인지 결정하기란 아주 어렵다는 것입니다. 관념 전체가 한번에 제시되지 않는다 해도, 적어도 관념들은 연속적으로 아주 빠르게 이어지므로 우리를 제일 먼저 자극하는 관념이 무엇인지 가려내기가 불가능할 때가 자주 있기 때문입니다. 정신이 정확히 동일한 순간에 굉장히 많은 수의 관념을 가질 수 있는지 없는지는 아무도 모릅니다. 아마 선생님께서는 제가 역설을 늘어놓고 있다고 목소리를 높이시겠지요. 하지만 그러기 전에 라틴어와 프랑스어에 관사

'*hic*', '*ille*', '*le*'가 어떻게 도입되었는지 저와 검토해보지 않
으시겠습니까?* 이 논의는 길지도 어렵지도 않을 것이고,
선생님이 분개하셨던 생각과 연결될 것입니다.

제일 먼저 존재의 감각 자질과 자연의 서로 다른 개
체들을 지시하는 라틴어 형용사와 실사는 대부분 발명된
반면, 정신의 섬세하고 미묘한 표현들은 아직 갖춰져 있
지 않은 시대로 가본다고 생각해보시기 바랍니다. 물론
그런 표현들의 차이를 뚜렷이 구분하는 일의 어려움은 오
늘날의 철학 역시 마찬가지이기는 합니다. 그다음에 너무
허기가 져 고통스러운 두 사람이 있다고 가정해보시기 바
랍니다. 한 사람은 눈앞에 먹을 것이 전혀 보이지 않고 다
른 사람은 나무 밑동에 있지만 나무가 너무 높아서 과일
이 손에 닿지 않습니다. 이 두 사람이 감각 작용을 거쳐
말을 한다면 전자는 "배가 고프다, 꼭 좀 먹었으면"이라
고 하겠지만 후자는 "맛있는 과일이로구나! 배가 고프다,
꼭 좀 먹었으면"이라고 할 것입니다.** 그런데 전자가 마음

---

* '*hic*', '*ille*'는 라틴어 지시대명사이고, '*le*'는 프랑스어 남성 단수 정관사이다. 모두 앞에
나온 명사를 가리키면서 한정하는 역할을 한다.
** "우리가 아직 동사를 사용하지 않았을 때, 말하고자 하는 대상의 이름은 마음의
상태를 어떤 행위를 통해서 지시했던 바로 그 순간에 말해졌다. 자신의 뜻을 전하는 데
가장 적합한 방식이 바로 이것이었다. 그러나 분절음을 이용해서 그 행위를 보충하기
시작하게 되자, 사물의 이름이 가장 익숙한 기호였기 때문에 자연스럽게 제일 먼저
제시되었다. 말을 하는 이러한 방식은 말을 하는 사람과 듣는 사람에게 가장 편리한
것이다. 그 방식이 말을 하는 사람에게 편리하다면 그것은 의사소통을 하는 데 가장
용이한 관념으로부터 시작하게끔 하기 때문이며, 말을 듣는 사람에게 편리하다면
그것은 말하고자 하는 대상에 주의를 집중하면서, 적어도 이미 사용된 용어와 그 의미가
대단히 명확하지는 않았을 용어를 더 용이하게 이해하게끔 준비하게끔 하기 때문이다.

속에 일어난 모든 일을 말로 정확히 표현했지만, 반대로 후자의 문장에는 무언가가 빠져 있고 그 사람 정신에 있는 한 가지 목적이 암시되어 있다는 점이 확실합니다. '꼭 좀 먹었으면'이라는 표현은 범위 안에 손에 닿는 것이 아무것도 없을 때 보통 허기를 달래줄 수 있는 모든 것으로 확장되기 마련입니다. 그러나 과일이 눈앞에 보일 때 똑같은 표현은 축소되어 맛있는 과일만을 의미할 뿐입니다. 그래서 이 두 사람이 "배가 고프다, 꼭 좀 먹었으면"이라고 말하고 있을지라도 "맛있는 과일이로구나!" 하고 소리쳤던 사람의 정신은 이 과일로 복귀하는 것입니다. [프랑스어 남성 단수] 정관사 'le'가 발명되었다면 그는 "[저] 맛있는 과일! 배가 고프다. [그러니] 꼭 좀 그것을 먹었으면(*le beau fruit! j'ai faim. Je mangerais volontiers icelui*)" 또는 "그것을 꼭 좀 먹었으면(*icelui je mangerais volontiers*)"이라고 말했으리라는 점은 의심의 여지가 없습니다. 이

그래서 관념의 가장 자연적인 순서는 동사 앞에 보어가 오는 것이다. 예를 들면 '과일[을] 원한다(fruit vouloir)'고 말했던 것이다. (…) 보어 다음에 오는 동사, 보어를 지배하는 명사, 즉 주격은 이 둘 사이에 위치할 수 없었다. 그렇게 되면 둘의 관계가 명확하지 않게 될 수 있기 때문이다. 그것으로 문장을 시작할 수도 없었다. 보어와의 관계가 덜 뚜렷할 수 있기 때문이다. 그러므로 그것의 위치는 동사 다음에 나오기 때문에 단어들이 서로 작용했던 순서와 동일한 순서로 구성되었다. 용이하게 이해하는 데는 이 방법밖에 없었다. '피에르가 과일을 원한다(Pierre veut du fruit)' 대신에 '과일[을] 원한다 피에르[가](fruit vouloir Pierre)'로 말했던 것이다. 앞의 것이 지금은 자연스러운 것이지만, 뒤의 것도 역시 자연스러웠다. 이 두 구성을 모두 받아들이는 라틴어를 보면 이 점이 증명된다. 라틴어는 가장 오래된 언어들과 가장 현대적인 언어들의 중간에 자리 잡고 있으며 양쪽의 성격을 모두 갖고 있는 것 같다."(콩디야크, 『인간 지식 기원론』, 2부 9장 §84)

경우에서나 다른 비슷한 모든 경우에 정관사 '*le*'나 '*icelui*'는 이전에 내내 마음을 차지했던 대상으로 마음이 복귀한다는 것을 가리킵니다. 제가 보기에 이 [정관사] 기호가 발명된 것은 정신의 교육적 진행 방식의 증거입니다.

정신의 눈으로 보게 되는 것들의 자연적 순서를 따른다면 이 기호가 문장에서 어떤 위치를 차지할 것이냐는 어려운 문제를 제기하지는 마시기 바랍니다. "맛있는 과일이로구나! 배가 고프다. 꼭 좀 그것을 먹었으면"에 있는 모든 판단 하나하나가 두세 개의 표현으로 제시되었을지라도 그 판단 전체는 단지 마음속의 한 가지 목적밖에는 가정하지 않기 때문입니다. 중간에 위치한 두 번째 판단인 '배가 고프다'는 라틴어로는 '*esurio*' 단 한 마디로 표현됩니다. 과일과 특질이 동시에 지각되는 것입니다. 라틴어 사용자가 "*esurio*"라고 했다면 그는 단지 한 가지 관념만을 표현하는 것뿐입니다. '꼭 좀 그것을 먹었으면'이라는 말은 한 가지 감각 작용의 여러 양상일 뿐입니다. '나'는 감각 작용을 느끼는 사람을, '먹었으면'은 경험된 감각 작용의 욕망과 본성을, '꼭 좀'은 감각 작용의 강도 혹은 힘을, '그것을'은 눈앞에 욕망된 대상이 있음을 가리키는 말입니다. 그러나 마음속에서 일어나는 감각 작용에는 말로 할 때 나타나는 이러한 연속적인 진전 과정이 전혀 없습니다. 명령하는 입이 스무 개라서 입 하나하나가 제 단어를 말하게 되면 앞의 모든 관념이 동시에 표현될 수 있을 것입니다. 눈으로 듣는 클라브생에서 경이롭게 연주될 수 있는 것이 바로 그것입니다. 제가 말씀드린 농아가 체계적으로 생각을 확립했다면, 그리고 색깔 하나하나가 단어 하나에 해당하는 요소였다면 그럴 것입니다. 언어치고 색깔을 느끼게 되는 속도에 미치는 것이 있겠습니까? 그런데 입을 여럿 가질 수는 없는 일입니다. 그래서 여러 관념을 표현 하나에 담으려고 할 수밖에 없었습니다. 저 에너지 넘치는 표현들이 더 자주 나타났다면, 언어는 끊임없이 정신의 뒤에서 질질 끌려가는 일 없이 상당수의 관념을 동시에 표현할 수 있을 테니, 언어가 정신보다 더 빨리 나아가게 되겠고, 이런 경우에는 오히려 정신이 언어의 뒤를 따라가지 않을 수 없을 것입니다. 그럴 때 동시에 작동하는 마음의 움직임의 분해를 전제하는 도치는 도대체 무엇이 되겠습니까? 우리에게 긴 담화에 맞먹을 단어들이 없다시피 하지만 그래도 몇 가지라도 있다면 그것으로 충분하지 않겠습니까? 그런데 그리스어와 라틴어에는 그런 것이 굉장히 많고, 그 용어는 쓰이자마자 즉시 이해되므로, 마음이 수많은 지각(perceptions)을 동시는 아니더라도 적어도 번갯불이 번쩍하는 속도로 빠르게 경험하리라는 점을 확신하게 됩니다. 그 정도로 빠르다 보니 그 법칙을 발견하는 일이 불가능하다시피 한 것이지요.

추상적인 관념을 아직 쉽게 이해하지 못하는 사람과 일을 한다면 이러한 인간 지성의 체계를 입체적으로 표현해 주겠습니다. 저는 이렇게 말할 것입니다. 선생, 자동인형 인간을 걸어 다니는 시계라고 생각해보시오. 심장은 시계의 거대한 용수철을 나타내고, 흉부의 각 부분은 운동에 필요한 다른 주요 부속품들이오. 머리에 작은 망치들을 갖춘 벨이 있고 거기서부터 무수히 많은 실이 나와 상자의 모든 점까지 이어진다고 상상해보시오. 시계추 상부를 장식하곤 하는 저 작은 형상 하나를 그 벨 위에 올려보시오. 그리고 악기가 조율이 잘 되었는지 머리를 숙여 귀 기울여보는 음악가처럼 그곳에 귀가 달려 있다고 상상해보시오. 이 작은 형상이 마음(âme)일 것이오. 작은 끈 여러 개를 동시에 튕기면 벨에 여러 번 타종이 이루어지겠고, 그때 작은 형상은 여러 소리를 동시에 들을 것이오. 이 줄들 가운데 어떤 줄은 항상 튕겨진 채 있다고 가정해보시오. 파리에서 낮에 우리가 소음을 듣는다고 확신하는 것은 고요한 밤이 있었기 때문인 것처럼, 우리 내부에도 감각이 연속적으로 이루어지기 때문에 우리가 놓치게 되는 감각이 있게 될 것이오. 우리가 존재하고 있다는 감각이 그러한 것이오. 마음은 오직 마음 자체로 복귀할 때에서야 그것을 의식하게 되오. 건강할 때 특히 그렇소. 우리가 건강할 때는 몸의 어떤 부분도 그것이 존재한다는 것을 일러주는 법이 없소. 몸의 어떤 부분이 고통을 느껴 우리가 그것이 존재한다는 것을 의식하게 된다면, 이는 확실히 우리가 건강하지 못한 상태라는 것이오. 물론 쾌락을 느낄 때 그것이 존재한다는 것을 의식하는 경우도 있지만, 이 경우 우리가 건강한 상태에 있다고 항상 확신할 수는 없소.

제가 한 비교를 더 멀리까지 확장해서 여기에 벨에서 나온 소리들은 즉시 사라지는 것이 아니라, 일정 기간 지속되고, 뒤따르는 소리들과 함께 화음을 만들고, 그 작은 형상은 화음들을 주의 깊게 비교해서 그것이 협화음인지 불협화음인지 판단하고, 판단하고 의견을 개진하는 데 필요한 현재의 기억은 벨의 공명이고, 판단은 화음의 형성이고, 담화는 연속된 화음이며, 그래서 어떤 두뇌를 가리켜 낭랑하게 울리지 않는다(mal timbré)*고 말하는 것이 전혀 근거 없는 것은 아니라는 점을 덧붙이는 건 오직 저 혼자 말을 일입니다. 여기서 듣기 좋게끔 조화롭게 구성된 기나긴 문장을 구성하는 데 필수 불가결한 저 연관의 법칙(la loi de liaison), 그러니까 한 화음과 그것을 따르는 화음 사이에 적어도 하나의 공통된 음이 있어야 한다는 법칙은 적용되지 않은 채 남는 것일까요? 선생님 생각에, 저 공통된 하나의 음은 삼단논법의 중간 항이 하는 역할과 너무도 유사한 것이 아닐까요? 또 어떤 사람들 사이에 있다고 알려진 저 유추는 무엇이게 될까요? 두 벨을 하나는 5도에, 다른 하나는 세 번째 음의 3도에 맞추기를 좋아했던 자연의 유희는 무엇이게 될까요? 풍부한 비교도 제시해드렸고 피타고라스의 광적인 주장**도 말씀드렸

---

* 머리가 돌았다는 뜻.
** "수(數)가 우선 존재하고 하나(l'unité)는 무엇보다 수이므로 하나가 제일원리이다 (…) 세계의 조화와 음악의 조화(화성)는 다른 것이 아니다."('피타고라스주의' 항목, 『백과사전』 VIII권, 176쪽)

으니 이제는 선생님께 스키타이 법이 얼마나 현명한지 보여드릴까 합니다. 스키타이 법에서는 한 명의 친구를 갖도록 하고 둘까지는 허용하되 셋부터는 금지합니다. 저는 선생님께 스키타이 사람들 가운데 머리가 낭랑하게 울리지 않는 경우는 그 머리가 냈던 주음(主音)이 사회에서 [함께 울리게 되는] 배음을 전혀 갖지 못하는 경우이고, 세 명의 친구는 완전화음을 만들고, 네 번째 친구는 중복으로 덧붙여진 것이 아니라면 다른 세 친구 중 하나의 반복일 뿐이거나 불협화음을 만들어낼 수 있다고 말씀드리겠습니다.*

그런데 이런 비유적인 언어를 사용할 수도 있겠지만 여기서 그만둘까 합니다. 고작해야 아이의 변덕스러운 정신이나 즐겁게 해줄 테고 그걸로 그만 굳어져버릴 테니까요. 이제 비교가 아니라 이성을 필요로 하는 철학의 어조로 돌아가겠습니다.

허기나 갈증과 같은 감각 작용의 결과 다양한 상황에서 취했던 말을 검토하면서, 본래 정신의 눈으로 봤을 때는 동일한 것이 아니었던 것을 나타내기 위해 동일한 표현을 사용했음을 알 수 있었던 기회가 여러 차례 있었습니다. 그래서 '당신(*vous*)', '그(*lui*)', '나(*moi*)', '그(*le*)'와

---

* "친구를 선택함에 있어서 두 친구는 서로를 위해 생사를 맹세한다. 이 언약을 확신하기 위해 그들은 손가락을 찢어 그들의 피를 잔에 떨어뜨리고 그 안에 칼끝을 적신 다음 서로 이 피를 마셨다. 이 언약은 세 사람을 받아들이는 일이 없었다. 그들은 더 많은 사람들이 우정을 나누는 데 동의한다면 우정이 약해질 것을 확신했기 때문이다."('스키타이 족' 항목, 『백과사전』 XIV권, 848쪽)

같은 기호와 특수한 용법으로 사용되는 다른 수많은 기호들을 고안해냈던 것이지요. 나뉠 수 없는 한순간의 마음 상태가 수많은 용어들로 표현됩니다. 언어를 정확히 말하기 위해 이 용어들을 쓰지 않을 수 없었으며, 그것으로 전체적인 한 가지 마음의 작용이 부분들로 배열되는 것입니다. 이 용어들을 순차적으로 말하게 되고, 이 용어들이 차례로 발음되는 가운데 이해되었기 때문에, 그 용어들이 나타냈던 마음의 변화 과정도 똑같이 순차적인 방식으로 된 것이라는 생각이 들었던 것입니다. 하지만 그것은 틀린 생각입니다. 우리 마음의 상태는 이와 같지 않고, 우리 자신에게든 타인에게든 마음 상태를 설명하는 것도 이와 같지 않고, 이 마음 상태에서 이루어지는 즉각적이고 총체적인 감각 작용도 이와 같지 않고, 이 감각 작용을 분석하고, 드러내고, 납득하기 위해 연속적이고 세심한 주의를 기울이는 것 역시 이와 같지 않습니다. 우리의 마음은 우리가 끊임없이 따라 그리는 움직이는 그림(un tableau mouvant)과 같습니다. 우리는 충분한 시간을 두고 그 그림을 충실하게 표현하곤 합니다만 그림은 전체적으로 동시적으로 존재하는 것입니다. 표현은 신중하게 느린 걸음걸이로 나아가지만 정신은 그렇지 않습니다. 화가가 눈으로 단번에 전체적으로 파악한 것을 붓은 시간이 흐름에 따라 그려냅니다. 언어가 형성될 때에는 분해(décomposition)가 필요했습니다. 그런데 어떤 대상을 보고, 그것을 아름답다고 판단하고, 보기 좋은 감각을 느끼고, 소유하고자 하는 것은 동시에 일어나는 마음의 상태입니다. 그리스어와 라틴어는 그것을 단 한 마디로 표현합니다. 이 말이 입 밖에 나오는 순간 모든 것이 말해지고 모든 것이 이해되는 것입니다. 아! 선생님, 기호들이 우리의 지성을 얼마나 변화시켰는지요! 더없이 생생하게 낭송을 해도 일어난 일을 생기 없이 모사한 것에 불과합니다.

> 피 뚝뚝 듣는 가시덤불에
> 낭자한 피로 젖은 머리칼 뽑혀 널려 있으니*

위의 예가 우리가 얻을 수 있는 가장 비슷한 그림입니다. 하지만 그것도 제가 생각하는 것에 비하면 한참 먼 것입니다!

선생님, 도치의 문제가 얼마나 복잡한 것인지 느껴보고 싶으시다면 이 문제를 깊이 헤아려보실 것을 권합니다. 저는 구름을 일소해 버리기보다는 구름을 만들고, 판단을 하기보다는 판단을 유보하도록 노력하고 있으니, 앞에서 제가 개진한 역설이 사실이 아니라면, 그러니까 우리가 동시에 여러 가지 지각을 갖지 못한다면, 추론과 논의를 하는 일은 애초에 불가능하다는 점을 선생님께 한 번 더 보여드리고자 합니다. 추론과 논의는 둘이나 여럿의 관념을 비교하는 것이기 때문입니다. 그런데 정신에

---

* 장 라신(Jean Racine), 「페드르(Phèdre)」, 5막 6장. 극 마지막 부분에서 테라멘이 테세우스에게 아들 이폴리트의 죽음을 상세히 설명하는 장면이다.

동시에 제시되지 않는 관념들을 어떻게 비교할 수 있겠습니까?* 선생님께서는 어떤 물체의 색깔과 그 물체의 형상을 느끼는 것처럼 여러 가지 감각 작용을 동시에 가질 수 있다는 점을 부정할 수 없으십니다. 그런데 저는 추상적이고 정신적인 관념보다 감각 작용이 어떤 특권을 가질 수 있는 것인지 모르겠습니다. 하지만 선생님께서는 우리에게는 기억력이 있기 때문에 정신에 동시에 제시된 두 관념, 즉 지금 우리가 현재 갖고 있는 관념과 우리가 과거에 가졌던 관념에 대한 기억이라는 두 관념이 하나의 판단으로 가능하다고 생각하시는 것 아닙니까? 제 생각에는 바로 이런 이유로 판단과 엄청난 기억력이 어울리는 일이 없다시피 한 것 같습니다. 엄청난 기억력을 가지면 아주 쉽게 상이한 여러 관념을 동시에 갖거나 혹은 대단히 신속하게 갖게 됩니다. 그런데 여러 관념을 갖는 일이 이렇게 쉽게 이루어지게 되면 적은 수의 관념들을 말하자면 정신을 집중해 뚫어져라 고려해서 차분히 비교할 수 있겠습니까? 잡다한 수많은 일들로 가득 채워진 머리는 짝이 서로 맞지 않는 책으로 가득한 도서관과 비슷합니다. 체계 없이 취향도 없이 온통 히브리어, 아랍어, 그리스어, 라틴어로 가득 덮여 있는 독일식 발췌 편집본들 중

---

* 판단과 비교의 이론은 경험주의에서 새로운 것은 아니지만, 디드로는 로크와 콩디야크보다 판단 행위에서 관념들이 '동시에' 제시된다는 점을 더 강조한다. 다른 한편 콩디야크 등의 감각론자들은 관념의 동시성을 인정하지 않는 반면, 디드로는 감각 작용의 동시성을 인정하지 않는다는 점에서 그들과 멀어진다.

하나와 같은 것이죠. 벌써 엄청난 분량인데 분량이 더 많아지고 계속해서 많아지면서 그저 더 나쁜 상태로만 남을 겁니다. 요약을 하는 사람도 전혀 이해하지 못한 작품을 요약하고 판단한 것으로 가득 차버린 창고라고 할 것입니다. 이 상품 저 상품이 뒤섞여 있는 창고인데 여기에 주어진 것이라고는 고유하게 말해서 상품 명세서뿐입니다. 그 주석에서는 찾지 않는 것은 자주 보는데 찾는 것은 못 보고, 필요로 하는 것은 십중팔구 쓸데없는 것들이 쌓인 무더기에 흩어져 있습니다.

앞선 논의에서 끌어낼 수 있는 한 가지 결과는 정신에는 도치가 없거나 아마 도치가 있을 수 없으리라는 점입니다. 무엇보다 추상적이고 형이상학적인 대상을 유심히 바라볼 때 특히 그렇습니다. 그리스어로 "νικῆσαι Ὀλύμπια θέλεις, κἀρῶ νὴ τοὺς θεούς κομψὸν γάρ ἐστιν"라고 하고, 라틴어로 "*honores plurimum valent apud prudentes, si sibi collatos intelligant*"*라고 하더라도, 그리스어 구문이나 라틴어 구문에서 이해하는 데 어려움을 겪을 때 프랑스어 구문에서는 도치 없이 "아카데미프랑세즈의 일원이 되고 싶습니까? 저 역시 그렇습니다. 영예가 되기 때문이죠. 현명한 사람은 영예를 높이 살 것입니다. [그 영예를] 자신

---

* 인용된 그리스어 문장을 어순에 기초해 옮겨보면 대략 "우승하기를 올림픽경기에서 원하는가? 나 역시 맹세코 그렇다. 영예가 되기 때문이다"(에픽테토스, 『담화록』, 29장)와 같고, 다음에 인용된 라틴어 번역은 대략 "영예가 가장 큰 가치를 갖는 것은 현명한 사람들에게서이다. 그들이 [영예를] 얻었음을 느낀다면"과 같다. 이 문장은 디드로가 일부러 라틴어로 쓴 것 같다.

이 받아 마땅하다고 느낀다면 말입니다"라고 합니다. 그러므로 저는 라틴 사람들은 도치를 하지 않고, 도치는 프랑스 사람들이 한다는 점을 예외 없이, 일반적으로 개진하려는 것이 아닙니다. 제가 드리고 싶은 말은 단지 프랑스어 문장을 관념의 교육적 순서가 아니라 단어가 고안된 순서, 즉 웅변 언어로 점진적으로 대체된 몸짓언어와 비교한다면 프랑스 사람들이 도치를 하는 것이고 지구의 어떤 민족이라도 프랑스 사람들만큼 도치를 하는 민족이 없다는 것입니다. 그런데 그리스어나 라틴어 구문을 따라 정신이 바라보는 시선들을 배치한 구성과 프랑스어 문장 구성을 비교해봅시다. 그렇게 비교하는 것이 자연스러우니까요. 그렇다면 프랑스어보다 도치를 덜 갖기란 불가능에 가까울 것입니다. 무슨 언어가 됐든지 정신은 글로 쓰는 언어로 사물을 고려하지 않을 수 없는 것이니, 우리는 사물을 프랑스어로 말합니다. 말하자면 키케로는 라틴어 구문을 따르기 전에 프랑스어 구문을 따랐다고 할 수 있습니다.

이로부터 얻을 수 있는 결론은 제가 보기에 다음과 같습니다. 언어의 제일 목적은 생각을 교환하는 것이므로 프랑스어는 어떤 언어보다 더 잘 다듬어졌고, 더 정확하고, 더 뛰어난 언어입니다. 한마디로 말해서 최초의 시대의 더듬거리는 말이 가졌던 흔적이라고 부를 만한 결함을 가장 적게 가진 언어입니다. 공정하게 비교를 계속해보자면 프랑스어는 도치를 갖지 않는 것으로 담화의 핵심 자질이라 할 수 있는 명료성, 명확성, 정확성을 얻은 반면, 열정, 웅변, 에너지를 잃었다고 말할 수 있을 것입니다. 여기에 프랑스어가 교육적이고 규칙적으로 진행되어야 하기 때문에 학문을 하기에 보다 적합해졌으며, 그리스어, 라틴어, 이탈리아어, 영어는 표현법과 도치의 면에서 문학에 더 유리하며, 프랑스 사람은 어떤 다른 민족보다 정신이 말을 더 잘하게 할 수 있으니, 양식 있는 사람이라면 프랑스어를 선택하겠지만, 상상력과 정념을 표현하는 데는 고대 언어와 이웃 나라의 언어들이 선호될 것이고, 사교계에서나 철학을 가르치는 학교에서는 프랑스어로 말해야 하지만 연단과 극장에서는 그리스어, 라틴어, 영어를 말해야 할 것이고, 진리의 언어가 만에 하나 다시 지상으로 내려오기만 한다면 프랑스어가 바로 그 언어가 될 것이고, 그리스어, 라틴어 및 기타 언어들은 우화와 허위의 언어가 되리라는 점을 기꺼이 덧붙이겠습니다. 프랑스어는 원래 가르치고, 명확히 설명하고, 납득하도록 하는 언어이고, 그리스어, 라틴어, 이탈리아어, 영어는 원래 설득하고, 감동시키고, 속이는 언어입니다. 민중에게는 그리스어, 라틴어, 이탈리아어로 말씀하셔야겠지만 현자(賢者)에게는 프랑스어로 말하시기 바랍니다.

　　도치가 가능한 언어들의 한 가지 다른 단점은 독자든 청자든 집중력이 있어야 하고 기억력이 좋아야 한다는 점입니다. 라틴어나 그리스어 문장은 조금만 길어져도 격, 목적어, 접미사가 수도 없이 결합하지 않습니까! 문장이 다 끝나기 전에는 전혀 이해하지 못하다시피 합니다. 프랑스어로 말할 때에는 그런 식으로 피곤해질 일이 없습니다. 말하는 순서에 따라 이해가 되기 때문입니다. 관념은 그리스어가 됐든 라틴어가 됐든 정신이 통사법의 규칙을 충족하기 위해 따라야 했던 순서를 따라 우리의 말에 나타납니다. 티투스 리비우스보다는 라 브뤼예르를 읽는 편이 결국 덜 피곤할 것입니다. 라 브뤼예르는 심오한 모럴리스트이고, 티투스 리비우스는 명쾌한 역사가입니다. 그런데 티투스 리비우스는 문장들을 아주 잘 끼워 맞추기 때문에 정신은 끊임없이 문장 안에서 다른 문장을 하나하나 분리하고, 이를 교육적이고 명석한 순서로 복원하는 데 정신을 쏟게 되어 이 자질구레한 작업에 진력을 내게 됩니다. 아무리 팔의 힘이 세더라도 가벼운 짐을 계속 지고 있어야 하는 경우가 그렇듯 말입니다. 그래서 모든 것을 고려해봤을 때 다른 언어들에 비해 도보로 나아가는 (*pédestre*) 프랑스어의 장점은 아름답게 들리는 것이라기보다 유용하다는 데 있습니다.

하지만 프랑스어와 고대 언어들에서 관념의 자연적 순서를 해치는 한 가지는 듣기 좋게 배치한 문체의 조화입니다. 우리가 이 점에 대단히 민감해졌기 때문에 그것 하나 살리려고 다른 나머지를 모두 희생해버릴 때가 자주 있습니다. 모든 언어에서 세 단계를 구분해야 합니다. 처음에 그저 고함과 몸짓이 뒤섞인 상태, 동물의 언어라는 이름으로 부를 수 있는 상태에 불과했던 단계를 벗어나,

다음의 세 단계를 연속적으로 거쳤습니다. 탄생의 상태, 형성의 상태, 완성된 상태가 그것입니다. 탄생 중인 언어는 단어와 몸짓으로 구성되는데 이때 형용사에는 성도 격도 없고, 동사는 어미변화가 이루어지지 않고 목적어도 없어서 어디에 쓰더라도 어미가 동일했습니다. 형성이 이루어진 언어는 단어, 격, 성, 어미변화, 목적어를 갖추었습니다. 한마디로 모든 것을 표현하는 데 필요한 웅변 기호들이 생긴 것입니다. 하지만 그뿐이었습니다. 완성된 언어의 단계에 오면 듣기 좋은 조화를 더 많이 쓰고자 했습니다. 정신이 들도록 말할 때 귀에도 듣기 좋도록 감미롭게 만드는 일이 불필요하지 않으리라 생각했기 때문입니다. 하지만 주된 순서보다는 부수적인 순서를 선호하는 일이 다반사이기 때문에, 조화를 해치지 않으려고 관념들의 순서를 자주 뒤집어 버렸습니다. 키케로가 「마르켈루스를 위한 연설」의 도미문에서 바로 이런 일을 했던 것입니다. 자신이 오랫동안 침묵했다는 관념을 제시한 다음에 그렇게 침묵할 수밖에 없었던 이유인 첫 번째 관념이 나온다는 것이 청중을 놀라게 했음이 틀림없습니다. 그러므로 키케로는 "오랜 침묵의, 두려워서가 아니라 고통스럽고 신중했기 때문에, 최근 내 규칙이 되었던, 끝을 오늘 다시 보았습니다(*Diuturni silentii, quo, non timore aliquo, sed partim dolore, partim verecundia, eram his temporibus usus, finem hodiernus dies attulit*)"와 같이 말했어야 합니다. 이 문장을 그가 실제로 말했던 문장과 비교해보시기 바랍니다. 키케로가 오직 조화를 기하려고 그렇게 말하고 싶었을 뿐이었음을 아셔야 합니다. 마찬가지로 저 위대한 웅변가가 다른 곳에서 "로마 시민과 동맹 도시의 죽음과 공포(*Mors, terroque civium ac sociorum Romanorum*)"라고 썼을 때 자연적인 순서로는 '공포와 죽음(*terror morsque*)'이 되어야 했음이 분명합니다. 수많은 다른 사례가 있겠지만 저는 이 사례만을 들고자 합니다.

이렇게 고찰해봤으니 이제는 간혹 자연적인 순서를 희생하여 문체의 조화를 추구해도 되는 것인지 검토해봐야 할 차례입니다. 제가 보기에 관념들이 아주 가까이에 위치해서 귀와 정신에 거의 동시에 제시되는 경우에 한해 이러한 파격이 가능할 것 같습니다. 이것은 음악에서 근본저음을 도치해서 통주저음으로 만드는 것과 거의 같은 일입니다. 그렇게 되면 저음부에서 더욱 노래하는 듯한 표현을 할 수 있으니까요. 통주저음이 정말 아름답게 들리는 경우는, 그것이 암시되었던 근본저음의 자연적 진행 순서를 귀로 분간하는 경우에 한한 것이기는 합니다.* 이런 비교를 하는 것을 보고 선생님께 편지 드리는 사람이 위대한 음악가인 것이냐고 생각하지는 말아주시기 바랍니다. 제가 음악가가 된 것은 고작해야 이틀밖에 되지 않았습니다. 선생님께서는 흔히들 배운 지 얼마 되지 않은

---

* "통주저음은 근본저음의 화음을 도치해 더욱 노래하는 듯한 표현을 만들어내는 저음을 말한다." 장 르 롱 달랑베르, 『음악의 기초(Élémens de musique)』(다비드[David], 1752), 152쪽.

것을 얼마나 자랑하고 싶어 하는지 아시지 않습니까.

문체의 조화와 음악의 화성 사이에 여러 다른 관계를 찾아볼 수 있을 것 같습니다. 문체를 예로 들어보면 위대한 것이나 놀랄 만한 것을 그려내는 일이 문제가 될 때가끔은 조화를 포기하는 데까지는 가지 않더라도 적어도 왜곡을 하지 않을 수 없을 때가 있기는 합니다.

제우스의 고상한 싹이
*Magnum Jovis incrementum**

팔을 기나긴
육지 가장자리를 따라 뻗지도 않았는데 암피트리테가
Nec brachia longo
*Margine terrarum porrexerat Amphitrite***

* 베르길리우스, 『전원시(Bucolics)』, IV곡, 49행. 마지막 시구 'incrēmēntŭm'이 장장격(spondaïque, 長長格)으로 이루어진 것을 말한다. 장장격(spondée)은 "그리스와 라틴어의 조음법으로 두 개의 장음으로 구성된 시행이나 운각의 운율"을 말한다. "장장격은 낮고 느린 운율로, 빠르고 가벼운 장단단격과 구분된다."('장장격' 항목, 『백과사전』 XV권, 480쪽)

　디드로는 라틴 시 다섯 편의 사례를 들면서 조화를 위반하는 여러 방식을 구분하고 있다. 세 번째 시구를 제외한 나머지 시구들은 장단단격 육각시의 모범적인 형태를 지키지 않는 장장격 시행에 대한 예이다. 긴 음절 하나와 두 개의 짧은 음절로 구성된 장단단격을 쓰는 대신 다섯 번째 각운이 두 개의 긴 음절로 구성된 장장격이 들어갔다. 세 번째 베르길리우스의 시구는 육각시를 두 개로 나누는 대신 세 개로 나누었다는 점에서 규칙을 어겼다.

** 오비디우스, 『변신 이야기(Metamorphoses)』 I권, 13~14행. 마지막 시구 'Amphitrite'가 두 개의 장장격으로 된 것을 말한다. 여기에서 동사 'porrexerat'가 길기 때문에 강세가 주어지는 효과를 낳는다.

어서 칼을 내오고, 창을 나눠주고, 방벽에 오르시오.

*Ferte citi ferrum, date tela, scandite muros**

생명 자체도

온 힘줄과 뼈로부터 풀려버릴 것이다

Vite quoque omnis

*Omnibus e nervis atque ossibus exsolvatur***

바로 그 뒤를, 그러나 멀리 떨어져서

*Longo sed proximus intervallo***

음악에서 그러하듯 간혹 귀를 어리둥절하게 해주어야 상
상력을 놀라게 하고 만족시켜주게 됩니다. 단어 배치에
파격을 기하는 것이 문체의 조화에 도움이 되는 경우로만
한정된다면, 이와 반대로 음악의 화성에서 기하는 파격은
종종 음악가가 나타내고자 하는 관념들을 가장 자연스러
운 순서로 더욱 정확하게 산출하는 경우일 뿐입니다.

일반적인 담화에서는 사유와 표현을 구분해야 합니

---

* 베르길리우스, 『아이네이스』 IX권, 37행. 2음절로 된 명사와 행동을 나타내는 세 개의
동사가 쌓이고, 두운 't' 음이 나타나면서 신속함의 이미지가 환기된다. 이 시구에는
엄밀히 말해서 '왜곡'은 없다.
** 루크레티우스, 『사물의 본성에 관하여』 I권, 810~811행. 마지막 시구 'ēxsōlvātŭr'가
장장격으로 되어 있다.
*** 베르길리우스, 『아이네이스』 V권, 320행. 'longo' 뒤에 대단히 강력한 중간 휴지가
나오고, 무엇보다 'sed'와 'intervallo' 사이에 보기 드물게 삽입된 'proximus'가
도치되어 있다.

다. 친숙한 대화에서는 사유가 명확하고 순수하고 정확하게 제시되기만 하면 됩니다. 이 특징들을 그대로 두고 여기에 더해 용어를 잘 선택하고, 음수율을 지키고, 도미문에 듣기 좋게끔 조화를 기해봅시다. 그러면 설교에 적합한 문체가 나오는 것입니다. 하지만 시가 되기에는, 특히 오드*와 서사시의 묘사에서 펼쳐지는 시적 특성을 갖추기에는 아직 많이 부족합니다. 음절 하나하나를 전부 생생하게 움직이고 그에 생명을 불어넣어주는 정신(esprit)이 시인의 말 속에 들어오는 것입니다. 이 정신은 무엇일까요? 그 정신이 제 앞에 나타나는 것을 느꼈던 때가 가끔 있습니다. 하지만 제가 알고 있는 전부는 그 정신의 존재 덕분에 사물이 말해지자마자 동시에 재현되고, 이해력으로 그 사물을 포착함과 동시에 마음이 움직이고, 상상력으로 그 사물을 보고, 귀로는 들을 수 있게 되고, 그때 담화가 사유를 힘차고 고상하게 표현해주는 에너지가 넘치는 용어들의 연쇄인 것만이 아니라 그 사물을 그려내는 상형문자들(hiéroglyphes)이 층층이 겹쳐 쌓인 직물(tissu)로 만들어준다는 점입니다. 이런 의미에서 모든 시는 상징적(emblématique)이라고 말할 수 있을 것입니다.**

그런데 시적 상징은 누구나 이해할 수 있는 것은 아닙니다. 시적 상징을 창조해낼 수 있다시피 해야지 그것

---

* "그리스어와 라틴어 시에서 리라의 반주에 따라 노래로 부르던 시 작품을 말한다. 오드라는 말은 노래, 가요, 찬가, 성가의 뜻이다."('오드' 항목, 『백과사전』 XI권, 344쪽)
** 「옮긴이의 글」 참조.

을 강력하게 느낄 수 있지요. 볼테르는 이렇게 말합니다.

> 또 프랑스 강은 물이 피로 붉게 물들어
> 주검만을 실어가네 겁에 질린 바다로
> *Et des fleuves français les eaux ensanglantées*
> *Ne portaient que des morts aux mers épouvantées.**

그런데 '실어가네(*portaient*)'의 첫 번째 음절에서 물에 주검이 넘쳐나고 주검이 둑을 이뤄 물의 흐름을 잠시 막고 있는 것을 누가 보겠습니까? 같은 단어의 두 번째 음절에서 물과 주검의 더미가 무너져 바다를 향해 흘러가는 것을 누가 보겠습니까? 매번 읽을 때면 바다의 공포가 '겁에 질린(*épouvantées*)'이라는 시어에서 높아지지만, 세 번째 음절을 과장해서 발음할 때면 제게는 바다의 광대한 공간이 또 떠오릅니다. 부알로는 이렇게 말합니다.

> 탄식이여, 두 팔 내리고, 눈 감고, 잠들라.
> *Soupire, étend les bras, ferme l'œil et s'endort.***

이 어찌 아름답지 않은가! 모두 한목소리로 외칩니다. 하지만 탄식을 그려야 하는 시인으로서는 자신의 언어에 첫 음절이 무성음이고, 두 번째 음절은 지속음이고, 세 번째

---

* 볼테르(Voltaire), 「앙리아드(La Henriade)」, 2곡, 356~357행.
** 니콜라 부알로(Nicolas Boileau), 「르 뤼트랭(Le Lutrin)」, 2곡, 164행.

음절은 묶음인 말*이 있는 것이 얼마나 다행스러운 일인지를, 시구의 음절 수를 손가락으로 셈하며 확인하는 사람이 느끼기나 하겠습니까. '두 팔 내리고(*étend les bras*)'를 읽더라도 두 팔이 무기력하게 축 늘어져 있는 모양이 저 단음절 복수형**에 나타나 있음을 짐작도 못 할 것이고, 그렇게 늘어진 두 팔이 시구의 첫 번째 반구(半句)와 너무도 부드럽게 맞아떨어져서, 그렇게 반구가 끝나는 줄도 알아채지들 못하고, 아울러 '눈 감고(*ferme l'œil*)'에서 눈꺼풀이 갑작스레 깜박 감기는 움직임과 두 번째 반구 '눈 감고, 잠들라(*ferme l'œil et s'endort*)'의 종결부에서 비몽사몽 중에 까무룩 잠이 드는 미묘한 이행이 있는 줄도 마찬가지로 알아채지 못할 것입니다.

　분명 감식안이 있는 사람은 시인이 네 가지 행동을 그리고 있고 시구는 네 가지 구성 요소로 나뉘고, 마지막 두 행동은 바로 인접한 것이므로 둘 사이에 공백이 거의 없다시피 하다고 느끼게 되고, 시구의 네 구성 요소 중 마지막 두 요소는 등위접속사 하나로 연결되어 있고, 끝에서 두 번째 요소가 가진 운율법의 속도로 이어져 나뉠 수 없기는 마찬가지이며, 이들 행동 하나하나는 시구의 전체 길이에서 그 행동의 본성상 적합한 장단을 취하고 있으

---

* 프랑스어의 '탄식(soupire)'은 세 음절로 되어 있는데, 첫음절 'sou'는 무성음 's'를 갖췄고, 두 번째 음절 'pi'는 지속음, 마지막 음절 're'는 묵음으로 되어 있다는 말이다. 단어를 발음하는 것만으로 탄식의 느낌을 전할 수 있지만, 이는 우연적인 것이다.
** 'bras'를 가리킴.

며, 시인은 이 네 가지 행동을 단 한 줄의 시구에 담으면서 그 행동들이 흔히 빠르게 이어지는 속도를 충족했음을 알아차릴 것입니다. 선생님께서는 지금 시적 천재가 풀어볼 생각도 않고 해결해버린 한 가지 문제를 보셨습니다. 하지만 모든 독자가 똑같은 해결에 이를 수 있을까요? 아닙니다, 선생님. 정말 아닙니다. 저는 부알로의 시를 읽을 때 저 상형문자들을 스스로 이해하지 못했던 사람들(대다수가 그럴 것입니다)은 제 주석에 코웃음을 칠 테고, 「미지인의 걸작(Chef-d'œuvre d'un inconnu)」*에 실린 주석을 기억하고, 저를 망상가 취급하리라는 것을 충분히 예상합니다.**

　　모두 그렇게 생각하는 것처럼 저 역시 한 시인을 다른 시인이 번역할 수 있다고 믿었습니다. 하지만 그것은 그릇된 생각이었고 저는 지금 잘못을 깨달았습니다. 사상을 살려 번역할 수 있을 것이고 아마 다행히도 어떤 표현에 해당하는 등가의 표현을 찾아낼 수도 있을 것입니다. 호메로스는 "[어깨 위] 화살 요란하게 울렸다(ἔκλαγξαν

---

* 오라토리오 회의 테미쇨 드 생티아생트(Thémiseul de Saint-Hyacinthe, 1684~1746)가 1714년에 출판한 시로 원제는 '미지인의 걸작. 다행히 발견되어 학문적으로 연구된 주석을 달아 내놓은 시(Chef-d'œuvre d'un inconnu. Poème heureusement découvert et mis au jour, avec des remarques savantes et recherchées)'이다.
** 부알로의 이 시구에 대한 분석은 일반적으로 공유되는 것이다. 돌리베 신부는 『프랑스어 조음법(Prosodie française)』(1736)에서 이 시구에 대해 긴 주석을 달았다. 콩디야크도 『파르므 공의 교육을 위한 연구 강의(Cours d'études pour l'instruction du prince de Parme)』에 포함된 「문체의 조화에 대한 논의(Dissertation sur l'harmonie du style)」에서 위의 시구에 주석을 달았다.

δ'ἄρ' ὀιστοί)"*라고 쓸 것을, "어깨 위 화살 울린다(*tela so-nant humeris*)"**라고 하는 것을 보게 될 것입니다. 이것은 대단한 것입니다. 그러나 이것이 전부는 아닙니다. 묘사 전체를 지배하면서 장단이 뚜렷이 드러나는 언어에서는 길고 짧은 음절들을 배치하면서, 어떤 언어에서든지 자음 사이사이에 모음을 배치하면서 얻어지는 섬세한 상형문자라든지, 정밀한 상징이라든지 하는 것이 가장 훌륭한 번역이라고 해도 필연적으로 깡그리 사라져버리는 것입니다.***

베르길리우스는 치명적인 타격을 입은 에우뤼알루스에 대해 다음과 같이 말하고 있습니다.

아름다운 사지 위로
피가 흘러내렸고, 목덜미는 어깨 위로 푹 쓰러졌다.
그 모습은 자줏빛 꽃이 쟁기 날에 슉 잘려나가 죽어
시들거나,
양귀비꽃들이 소나기의 무게를 이기지 못해
머리를 늘어뜨리며 고개를 숙일 때와 같았다.

* 호메로스, 『일리아스』 I권, 46행(천병희 옮김, 도서출판 숲, 2015, 번역 수정).
** 베르길리우스, 『아이네이스』 IV권, 149행(천병희 옮김, 도서출판 숲, 2007, 번역 수정).
*** "모든 작가들 중 언어의 정수를 가장 생생하게 표현하는 사람은 시인이다. 이 때문에 시인을 번역하기가 어려워진다. 여기서 어려움이란, 재능을 갖추고 항상 동등해지는 것보다 종종 이를 극복하는 것이 더 쉬울 수도 있다는 것이다. 엄격히 말해서 탁월한 시 번역이란 불가능하다고 말할 수도 있을 것이다. 두 언어가 동일한 특징을 가질 수 없다는 것을 증명하는 이유들은 동일한 사상이 한 언어와 다른 언어에서 동일한 아름다움을 갖추고 표현되기가 아주 드문 일이라는 것을 증명한다."(콩디야크, 『인간 지식 기원론』, 2부 15장 §161)

Pulchrosque per artus

It cruor ; inque humeros cervix collapsa recumbit,

Purpureus veluti cum flos succisus aratro

Languescit moriens ; lassove papavera collo

Demisere caput, pluvia cum forte gravantur.[*]*

이 시구가 가진 상형문자의 아름다움이 하나도 빠짐없이
번역에 들어가는 것을 보는 것보다 그 시구가 우연히 문
자를 던져서 생겨나는 것을 보는 일이 더 놀라운 것은 아
니리라 생각합니다. 여기서 상형문자의 아름다움은 피가
터져 솟아오르는 이미지인 '피가 흘러내렸고(*it cruor*)'와
빈사 상태에 빠진 자의 머리가 어깨 위로 푹 쓰러지는 이
미지인 '목덜미는 푹 쓰러졌다(*cervix collapsa recumbit*)',
낫**으로 풀을 베는 소리가 들리는 '슉 잘려나가(*succis-
us*)', 실신의 이미지가 나타나는 '죽어 시들어(*languescit
moriens*)', 너무도 가녀린 양귀비 줄기의 이미지가 나타나
는 '양귀비꽃들이 고개 숙이며(*lassove papavera collo*)', 이
그림을 마무리하는 '머리 늘어뜨리며(*demisere caput*)'와
'무게를 이기지 못해(*gravantur*)'와 같은 것입니다. '늘어
뜨리며(*demisere*)'는 꽃의 줄기처럼 약하고, '무게를 이기

---

* 베르길리우스, 『아이네이스』 IX권, 433~437행(천병희 옮김, 도서출판 숲, 2007, 번역
수정).
** 'Aratrum'이 낫을 의미하지는 않지만 제가 왜 그렇게 번역했는지는 아래를 보면 알 수
있을 것입니다.—원주

76

지 못해(*gravantur*)'는 빗방울을 머금은 꽃받침의 무게를 나타냅니다. '목딜미(*collapsa*)'에서는 버티다 쓰러지는 모습이 드러납니다. 마찬가지로 이중적인 상형문자는 '양귀비꽃(*papavera*)'에도 있습니다. 이 시어의 첫 두 음절이 반듯이 서 있는 양귀비꽃 머리를 지탱해주고 마지막 두 음절은 그것을 기울입니다. 말씀드린 모든 이미지가 베르길리우스 시의 네 행에 전부 들어 있다는 점에 동의하실 테니까, 베르길리우스의 '양귀비꽃들 고개 숙일 때(*lassove papavera collo*)'를 페트로니우스가 『사티리콘』에서 키르케의 수하에서 벗어난 무력한 아스킬토스*에 적용한 기가 막힌 패러디를 제가 참 좋아했으리라 생각하셨을 것입니다. 선생님께서 그 패러디를 읽어보시고 특별한 감흥을 느끼지 못하셨다면 '양귀비꽃들이 고개 숙이다(*lasso papavera collo*)'에서 아스킬로스의 불운을 고스란히 그려내고 있는 그림을 보지 못하셨기 때문이겠지요.

지금 베르길리우스의 한 대목을 분석한 것을 보고 이제 더 분석할 것이 없겠고, 아마 실제 있는 것보다 더, 분명 베르길리우스가 그 대목에 부여하려고 했던 것보다 더 아름다운 부분들을 찾아냈으니 이젠 제 상상력과 취향이 틀림없이 완전히 충족되었으리라고 쉽사리 생각들을 할 것입니다. 선생님, 천만의 말씀입니다. 저는 동시에 두 가지 조롱을 한꺼번에 받을지도 모릅니다. 있지도 않은

---

* 페트로니우스의 『사티리콘(Satyricon)』 속 주인공 중 한 명. 이 이야기의 주인공이자 화자인 엔콜피우스의 친구이자 동성애 연적으로 등장한다.

아름다움을 보고 있다는 것이 하나이고, 더 있지도 않은 결함을 지적한다는 것이 다른 하나입니다. 선생님, 말씀드려도 될까요? 저는 '무게를 이기지 못해(*gravantur*)'가 양귀비의 하늘하늘한 꽃 머리에 비해서는 너무 둔중해 보이고, '슉 잘려나가고(*succisus*)' 다음에 오는 '낫(*aratro*)'으로는 상형문자의 그림을 완성하기가 요원해 보인다고 생각합니다. 저는 호메로스가 시의 말미에 슉 하고 낫질을 하는 소리나 꽃이 머리부터 맥없이 무너지는 모습을 그림처럼 그려내 상상력으로 이를 느낄 수 있도록 해주는 소리를 들려줄 시어를 두었음을 거의 확신합니다.

시가 가진 상형문자의 표현력이 이런 것임을 아시고 생생히 느끼셨을 줄 압니다. 이런 표현은 막연히 읽을 때는 없어져버리는 것이고 천재를 모방하는 사람들은 그걸 보면 기가 꺾이고 맙니다. 이 때문에 베르길리우스는 헤라클레스의 곤봉에서 못 하나를 뽑아버리는 것만큼이나 호메로스에서 시구 하나를 들어내는 일이 어렵다고 했던 것입니다. 시인이 이런 상형문자들을 더 많이 갖출수록 이를 번역하기는 더 어려워집니다. 그런데 호메로스의 시구에는 상형문자들이 넘쳐납니다. 흑단 같은 까만 눈썹을 가진 제우스가 희디흰 상아빛 어깨의 테티스에게 모욕을 당한 아들의 원수를 갚아주겠노라 약속하는 장면만을 예로 들어볼까 합니다.

이렇게 말하고 크로노스의 아들이 검은 눈썹을 숙이니

왕의 머리에서 신성한 고수머리가 흘러내렸고
거대한 올림포스가 뒤흔들렸다.

ἣ καὶ κυανέῃσιν ἐπ' ὀφρύσι νεῦδε Κρονίων
ἀμβρόσιαι δ' ἄρα καῖιαι ἐπερρώσαντο ἄνακτος
κρατὸς ἀπ' ἀθανάτοιο μέγαν δ' ἐλέλιζεν Ὄλυμπον.＊

이 세 행에 이미지들이 얼마나 많습니까! '*ἐπ' ὀφρύσι*', '*νεῦ-
δε Κρονίων*', 무엇보다 '*ἣ καὶ κυανέῃσιν*'에서 K(ㅋ) 음이 여
러 차례 적절히 반복될 때 제우스가 눈썹을 찌푸리는 모
습이, '*ἐπερρώσαντο ἄνακτος*'에서는 제우스의 머리카락이
내려앉고 굽이치는 모습이, '*κρατὸς ἀπ' ἀθανάτοιο*'의 '*ἀπο*'
에서 모음이 생략되었을 때 신의 불멸의 머리가 위풍당당
하게 솟구치는 모습이 보입니다. '*ἐλέλιζεν*'의 첫 두 음절에
는 올림포스가 뒤흔들리는 소리가, '*μέγαν*'과 '*δ' ἐλέλιζεν*'
의 마지막 음절들과, 뒤흔들린 올림포스가 이 시구와 맞
아떨어지는 '*Ὄλυμπον*'의 마지막 단어 전체에서 올림포스
전체에서 울리는 소리가 들립니다.

　　마지막에 제가 번역했던 저 시구는 사실 두 개의 상
형문자를 미약하게나마 재현하고 있습니다. 하나는 베르
길리우스의 상형문자이고, 다른 하나는 호메로스의 상형
문자입니다. 전자는 뒤흔들림을, 후자는 맥없이 떨어지는
모습을 표현합니다.

＊ 호메로스, 『일리아스』 I권, 528~530행(천병희 옮김, 도서출판 숲, 2015, 번역 수정).

뒤흔들린 올림푸스가 이 시구와 맞아떨어지는
뒤흔들리는 올림푸스를 —호메로스
황소가 땅 위에 쿵 하니 눕자 —베르길리우스
Où l'Olympe ébranlé retombe avec le vers.
Hom. ἐλέλιζεν Ὄλυμπον.
Virg. *Procimbit humi bos.*[*]

'ἐλέλιζεν Ὄλυμπον'에서 λ(ㄹ) 음이 반복되면서 뒤흔들린
다는 느낌이 들게 됩니다. '뒤흔들린 올림푸스에서'에서
L(ㄹ) 음도 똑같이 반복되고 있습니다만, 이 경우 L 음들
은 'ἐλέλιζεν Ὄλυμπον'에서 놓인 것보다는 더 멀리 떨어져
있기 때문에 뒤흔들리는 느낌이 눈썹의 움직임보다 신속
성이 덜하고 유추 관계도 더 멉니다. '이 시구와 맞아떨
어지다'는 '황소가 땅 위에 쿵 하니 눕자(*procumbit humi
bos*)'를 아주 잘 표현하고 있습니다만, '시구(*vers*)'의 발음
이 '황소(*bos*)'를 발음할 때보다 덜 둔탁하게 들리고 강조
도 덜 되어 있습니다. 더욱이 '시구(*vers*)'와 남성 단수 정
관사 '*le*'가 떨어진 것보다 '황소(*bos*)'와 '땅(*humi*)'이 훨씬
더 멀리 떨어져 있습니다. 이 때문에 베르길리우스가 사
용한 단음절 단어 '*bos*'가 제가 사용한 단음절 단어 '*vers*'
보다 더 고립되게 되고, 베르길리우스의 '황소(*bos*)'가 쓰
러지는 모습이 제가 사용한 '시구(*vers*)'가 맞아떨어지는

---

[*] 베르길리우스, 『아이네이스』 V권, 481행(천병희 옮김, 도서출판 숲, 2007, 번역 수정).

모습보다 더 완전하고 더 둔중하게 느껴지는 것입니다.

　　몽테뉴가 『에세(Essais)』에서 역마차에 대해 쓴 장이 있는데, 이 장에서 멕시코 황제가 늘어놓는 장광설처럼 이 자리에 걸맞지 않은 성찰을 한 가지 해보자면, 우리는 고대인들을 이상하리만큼 숭배하는 데다가, 심지어 부알로처럼 끔찍이 두려워하기까지 합니다. 호메로스의 다음 시구를 롱기누스가 이해한 대로, 또 부알로와 라 모트가 번역한 대로 이해해야 하는지 아닌지 물음을 던져야 했을 때가 그렇습니다.

　　위대한 신이여, 우리 눈 가리는 저 어둠을 거둬주소서
　　하늘의 광명 비추어 우리와 맞서 싸우소서.
　　Jupiter pater, sed tu libera a caligine filios Achivorum
　　Ζεῦ πάτερ, ἀλλὰ σὺ ῥῦσαι ὑπ᾽ ἠέρος υἷας Ἀχαιῶν,
　　Fac serenitatem, daque oculis videre.
　　ποίησον δ᾽ αἴθρην, δὸς δ᾽ ὀφθαλμοῖσιν ἰδέσθαι
　　Et in lucem perde nos, quando quidem tibi placuit ita.
　　ἐν δὲ φάει καὶ ὄλεσσον, ἐπεί νύ τοι εὔαδεν οὕτως.
　　Grand Dieu, chasse la nuit qui nous couvre les yeux,
　　Et combats contre nous à la clarté des cieux.
　　―부알로의 번역

부알로는 수사학자 롱기누스를 따라 이것이야말로 전사가 느껴야 하는 진정한 감정이라고 목소리를 높입니다.

전사는 살기를 구하지 않습니다. 그런 비천한 감정은 무릇 영웅에게 가당치 않습니다. 하지만 사방이 깜깜한 가운데에서 제 용기를 보여줄 방도가 없으니 싸우지 못하는 것이 갑갑할 노릇입니다. 그래서 그는 상대가 제우스라고 할지라도 맞서 싸워야 했을 때 빛이 비춰져 적어도 제 위대한 마음에 값하는 최후를 맞이하게 해달라고 갈급히 요구하는 것입니다.

> 위대한 신이여, 빛을 내려 우리와 맞서 싸우소서!
> ―라 모트의 번역

아! 롱기누스와 부알로여, 여러분께 반박의 말씀 올립니다. 여기서 문제가 되는 것은 전사가 가져야 하는 감정도 아니고, 아이아스가 자신이 처한 상황에서 무슨 말을 해야 하는지가 아니라고 말입니다. 호메로스는 분명히 여러분만큼이나 이 문제를 알고 있었습니다. 그러나 여기서는 호메로스의 위의 두 시구를 올바로 번역하는 것이 문제입니다. 아주 만약에 여러분이 이 두 시구에서 찬양해 마지않으신 것이 그곳에 없다면 여러분이 하신 찬사와 성찰이 도대체 뭐가 되겠습니까? 아주 만약에 호메로스의 주인공은 숭고하고 비장하게 기도하는 것뿐인데 롱기누스, 라 모트, 부알로는 이를 불경하게도 허세를 부리고 있다고 생각한 것이라면 그들을 도대체 어찌 생각해야 하겠습니까? 그런데 이들이 바로 그렇게 번역해버리고 말았습

82

니다. 원하시는 대로 호메로스의 위의 두 시구를 읽고 또 읽어야 합니다. 이 대목에서 우리가 볼 수 있는 것은 신과 인간의 아버지시여, Ζεῦ πάνερ, 우리 눈 가리는 저 어둠을 거둬주소서, 우리를 죽일 결심을 하셨으니 하늘의 광명 비치는 곳에서 우리를 죽이소서, 그뿐입니다.

> 한번 싸워보지도 못하고 삶의 끝을 보아야 할까?
> 위대한 신이여, 우리 눈 가리는 저 어둠을 거둬주소서
> 하늘의 광명 비치는 곳에서 우리 죽게 하소서.
> *Faudra-t-il sans combats terminer sa carrière?*
> *Grand dieu, chassez la nuit qui nous couvre les yeux*
> *Et que nous périssions à la clarté des cieux.*

이 프랑스어 번역으로 비장한 호메로스 시구를 표현할 수는 없다 해도 적어도 라 모트와 부알로의 번역 오류는 피할 수 있습니다.

위 번역에는 제우스에 대한 불경이 전혀 없습니다. 제우스의 뜻이라면 죽을 채비가 된 영웅만을 볼 뿐입니다. 영웅은 제우스여, 아버지시여, "Ζεῦ πάνερ" 하고 외치며, 싸우다 죽을 은총만을 내려달라는 것뿐입니다. 철학자 메니포스가 제우스에게 그렇게 말했겠습니까!*

오늘날 다들 무서워하는 부알로가 번역한 시구들을

---

* 메니포스(Menippos)는 기원전 3세기의 견유학파 철학자로, 호메로스의 시를 패러디한 것으로 알려져 있다.

방패로 삼고, 철학적 정신의 가르침을 따라 사물에서 그 안에 실재하는 것만 바라보고 실제로 아름다운 것이어야만 찬미할 것을 배웠던 것이니, 저는 모든 학자와 모든 감식안을 갖춘 분들, 드 볼테르 씨, 드 퐁트넬 씨 등과 같은 분들에게 호소합니다. 그분들께 호메로스가 그린 아이아스를 부알로와 라 모트 씨가 훼손한 것은 아니었는지, 롱기누스가 더 아름다운 모습만을 찾았던 것은 아니었는지 여쭙겠습니다. 저는 말씀드린 모든 저자분들을 스승으로 모시고 있습니다. 저는 그분들을 비판하는 것이 아닙니다. 제가 감히 옹호하고자 하는 사람은 호메로스인 것입니다.

제우스에 대한 맹세가 이루어지는 대목과 제가 인용할 수도 있을 수많은 대목만 봐도 호메로스를 군이 미화할 필요가 없음을 알 수 있으며, 아이아스가 말하는 대목만 봐도 호메로스를 미화하다가 호메로스에 있는 아름다움을 모조리 잃어버릴 위험에 처할 수 있다는 점이 충분히 드러납니다. 제아무리 천재라도 호메로스가 멋지게 말을 할 때 그보다 더 잘 말할 수 없습니다. 호메로스를 능가할 생각을 하기 전에 적어도 호메로스의 시를 들어보기부터 합시다. 그런데 호메로스의 시에는 선생님께 좀 전에 말씀드린 시적 상형문자들이 이루 말할 수 없이 많아서 열 번을 읽는대도 이를 전부 다 보았노라 자만할 수 없습니다. 문학에서의 부알로의 운명은 철학에서의 데카르트의 운명과 같으며, 부알로와 데카르트가 놓치고 말았던 사소한 오류들을 우리가 지적할 수 있게끔 해준 이들이 바로 그들이었다고 말할 수도 있을 것입니다.

　　선생님께서 음절로 이루어진 상형문자가 어느 시대에 언어에 도입되었는지, 그것이 탄생 중인 언어의 특징인지 형성된 언어의 특징인지 완성된 언어의 특징인지 제게 물으신다면, 저는 선생님께 이렇게 답변하겠습니다. 사람들은 언어의 최초 요소들을 제정하면서 이 음절이 아니라 저 음절을 발음하기 위해 조음기관의 구조에 따라 가장 쉽게 발음되는 것이나 가장 어렵게 발음되는 것만을 따랐던 것이 확실해 보인다고 말입니다. 그들은 단어의 구성 요소들이 때로는 장단(長短)에 따라, 때로는 소리에 따라, 그 요소들이 지시했음에 틀림없는 존재들의 물리적 특징들의 관계를 갖는다는 점은 고려하지도 않았습니다. 모음 A는 발음이 아주 쉽기 때문에 가장 처음으로 사용된 음이었습니다. 다른 음을 사용하기 전에 이 A 음을 수천 가지 방식으로 다양하게 조정했습니다. 히브리어를 보면 이 가설이 뒷받침됩니다. 히브리어의 단어들 대부분은 모음 A를 변형한 것에 불과합니다. 히브리어가 이렇게 특이한 것을 보면 역사에서 알 수 있듯 히브리 민족의 역사가 오래되었다는 사실이 분명합니다. 히브리어를 주의 깊게 검토한다면 그 언어가 지구에 거주했던 최초의 주민들의 언어였음을 알 수 있다고 필시 주장할 것입니다. 그리스 사람들이 단어에 장단과 조화를 도입하고, 물리적인 소리와 움직임을 음절을 통해 모방하기 시작했을 때, 그들은 이미 오래전부터 말을 해왔고 발음기관도 틀림없이 아주 숙련된 상태였을 것입니다. 아이들이 이름을 모르는 존재를 가리켜야 할 때 그 존재의 감각 자질 중 하나를 통해 이름을 보충하는 성향이 있음을 알게 됩니다. 저는 언어가 음절을 통해 조화를 형성하며 풍부해지는 것은 탄생 중인 언어에서 형성된 언어의 상태로 이행할 때의 일이며, 형성된 언어에서 완성된 언어의 상태로 발전해나감에 따라 도미문에서 조화가 다소 뚜렷하게 나타나기 시작했다고 추측하고 있습니다.

이 시기들이 언제일지라도 분명한 것은 단어의 상형문자적 특징을 이해할 수 없는 사람이라면 수식어구에서 물리적 음밖에 못 듣고, 그것을 공연히 쓰인 것으로 생각하기 쉬우리라는 것입니다. 그렇기에 그런 사람은 관념들이 느슨하네, 이미지들이 이어지지 않았네 하며 비난을 할 것입니다. 관념과 이미지들의 관계를 강화하고 있는 섬세한 끈을 보지 못하니까 그럴 수밖에요. 베르길리우스의 "피가 흘러내렸고(*it cruor*)"에서 '*it*'가 피가 뿜어져 나옴과 동시에 꽃잎에 방울방울 물방울이 맺히는 섬세한 움직임과 유추 관계에 있음을 보지 못할 테니, 저 작디작은 것 중 하나를 놓치고 말 것입니다. 그런 것이 위대한 작가들의 서열을 정해주는 것인데도 말입니다.

그렇다면 너무도 명확하게 쓰는 시인의 작품을 읽을 때도 마찬가지의 어려움이 생길까요? 분명히 그렇습니다. 확신컨대 시인보다 기하학자를 이해할 수 있는 사람들이 훨씬 많습니다. 양식(良識)을 갖춘 사람이 천(千)이라면 감식안을 갖춘 사람은 한 명에 불과하고, 감식안을 갖춘 사람이 천이라면 세련된 감식안을 갖춘 사람은 한 명에 불과하기 때문입니다.

저는 드 비시 씨*가 아카데미프랑세즈에 입회한 날, 베르니 신부**가 낭독한 연설에서 「페드르」에서 이폴리트의 이야기를 하는 대목을 들어 라신의 감식안이 부족했다는 비판을 했더라는 소식을 들었습니다.

[이폴리트는] 깊은 생각에 잠겨, 미센느로 길을 가고 있었습니다.
그분의 손은 말들 위로 고삐가 춤을 추게 내버려 두었습니다.
그분의 빼어난 준마들은 예전에 보았을 때는
고상한 열정으로 넘쳐 그분 목소리에 고분고분했는데
이제는 눈에 슬픔이 어리고, 머리를 푹 숙인 것이
꼭 그분의 침통한 생각을 따르는 듯했습니다.
Il suivait tout pensif le chemin de Mycènes.
Sa main sur les chevaux laissait flotter les rênes.
Ses superbes coursiers, qu'on voyait autrefois

* Claude de Thiard de Bissy(1721~1810). 이 시대에 영국 작품을 프랑스어로 옮긴 번역자로 알려져 있다.
** Joachim de Bernis(1715~94). 성직자이자 시인으로, 루이15세의 사랑을 받았으며 디드로와 달랑베르의 『백과사전』 편찬 사업을 지원했던 퐁파두르의 총애를 받고 후에 외무부 장관직까지 오른다.

Pleins d'une ardeur si noble obéir à sa voix,
L'œil morne maintenant, et la tête baissée,
Semblaient se conformer à sa triste pensée.*

베르니 신부가 비판한 묘사가 바로 여기라면, 제가 방금 시인을 읽는 것이 얼마나 어려운 일인지 말씀드린 것에 대해 이보다 더 강력하고 더 최근에 나온 증거를 제시하기 어려우리라 생각합니다. 전혀 근거 없는 이야기가 아니라 제가 전해 들었던 이야기입니다.

제가 보기에 그분은 앞의 시구에서 깊은 실의와 슬픔을 두드러지게 표현하고 있는 그 어떤 것도 보지 못한 것입니다.

> 그분은 깊은 생각에 잠겨, 미센느로 길을 가고 있었습니다.
> 그분의 손은 말들 위로 고삐가 춤을 추게 내버려 두었습니다.
> *Il suivait tout pensif le chemin de Mycènes.*
> *Sa main sur les chevaux laissait flotter les rênes.*

'그분의 말들(*ses chevaux*)'보다는 '말들(*les chevaux*)'이 더 훌륭합니다. 그런데 예전에 비길 데 없는 준마였던 말들

---

* 라신, 「페드르」, 5막 6장, 1501~1506행.

의 이미지에, 이제 그 말들이 변해버린 모습의 이미지가 얼마나 많이 추가되고 있습니까? 슬픔에 젖어 머리를 위아래로 흔들며 길을 가고 있는 말의 이미지는 이 시구에서 위아래로 흔들리는 음절 속에 모방된 것 같지 않으십니까?

> 이제는 눈에 슬픔이 어리고, 머리를 푹 숙인 것이
> *L'œil morne maintenant, et la tête baissée,*

하지만 시인이 주인공에게 주변 정황을 마련해주는 것을 보십시오…….

> ……그분의 빼어난 준마들은
> 꼭 그분의 침통한 생각을 따르는 듯했습니다.
> *... Ses superbes courisers, etc.*
> *Semblaient se conformer à sa triste pensée.*

'듯했습니다(*semblaient*)'는 시인이 쓰기엔 지나치게 신중해 보입니다. 확실히 사람을 잘 따르는 동물들은 사람이 기뻐하거나 슬퍼할 때 얼굴에 드러나는 흔적을 느끼기 마련입니다. 코끼리는 몰이꾼이 죽으면 상심하고, 개는 제 주인이 부르면 화답하고, 말은 기수가 슬퍼하면 같이 슬퍼합니다.

그러니까 라신의 묘사는 근거를 자연에 두고 있습니다. 고상하지요. 화가라면 성공적으로 모방해볼 수 있을 시적 그림이라 할 만합니다. 그러므로 베르니 신부의 비판에 맞서 시정(詩情), 회화, 훌륭한 감식안, 진실이 하나로 힘을 모아 라신의 명예를 회복해주는 것입니다.

그러나 루이 르 그랑(*Louis le Grand*)에서 라신 비극의 이 대목의 모든 아름다움이 주목받았지만* 그와 동시에 이 대목의 아름다움이 테라멘의 입으로 옮겨진 것이니까, 테세우스 왕은 테라멘의 말을 끊고, "아! 내 아들이 타고 간 전차와 준마 이야기는 이제 그만! 아들 이야기를 해다오"라고 말하는 편이 옳지 않았을까 하는 점도 놓치지 않았습니다. 저 유명한 샤를 포레는 안틸로코스가 아킬레우스에게 파트로클로스가 죽었음을 알리는 방식은 전혀 이와 같지 않았다는 말을 덧붙였습니다. 안틸로코스는 눈에 눈물을 가득 담고 아킬레우스에게 다가와 저 끔찍한 소식을 단 두 마디로 알립니다.

뜨거운 눈물을 흘리며 운명의 소식을 알린다
파트로클로스는 이제 없소…….
δάκρνα θερμὰ χέων, φάτο δ᾽ ἀγγελίην ἀλεγεινήν
κεῖται Πάτροκλος,** etc.

---

* 디드로는 10대 시절 루이 르 그랑 학교에서 수학했으며(1723~8), 이 학교에서 예수회 신부 샤를 포레(Charles Porée, 1676~1741)의 수사학 강의를 들었는데, 베르니 신부 역시 그에게 배웠다.
** 호메로스, 『일리아스』 XVIII권, 17, 20행(천병희 옮김, 도서출판 숲, 2015, 번역 수정).

"파트로클로스는 이제 없소. 시신을 두고 전투가 벌어졌소. 그의 무구(武具)는 헥토르 것이 되었소." 라신의 시구를 성대히 낭독할 때보다 호메로스의 저 두 시구가 더 숭고합니다. 아킬레우스, 친구는 이제 없네, 무구를 잃었어……. 이 말을 듣고 아킬레우스가 즉시 전투로 달려 나가리라는 걸 느끼지 못하는 자 누구겠습니까? 한 대목이 품위와 진실을 위반할 때 비극에서도, 서사시에서도 아름답지 않습니다. 라신의 대목의 세부는 시인이 제 이름으로 말하고 제 주인공 하나의 죽음을 자기 입으로 묘사할 때나 적합한 것입니다.

저 능수능란한 수사학자가 우리에게 가르쳐준 것도 이와 같습니다. 확실히 재기와 감식안을 갖춘 분이셨죠. "그 사람이야말로 마지막 그리스 사람이었다"*고 말할 수 있습니다. 그런데 수사학자들 중 '필로포에멘(*Philopoemen*)'**이신 분이 한 일은 오늘날 우리가 하는 것과 같습니다. 그분은 작품을 재기로 채우고, 감식안은 타인의 작품을 평가하기 위해 간직했던 것 같습니다.

베르니 신부 이야기로 돌아오겠습니다. 그의 주장은 그저 라신의 묘사가 엉뚱한 데 자리 잡고 있다는 것인

---

* 플루타르코스가 『영웅 열전(*Bioi Paralleloi*)』에서 필로포에멘과 티투스 프라미니우스를 비교하면서 한 말이다. 필로포에멘(B. C. 253~183)은 로마에 맞서 싸운 그리스의 장군이다.
** 여기서는 샤를 포레를 가리킨다. "마지막 그리스 사람"이라는 표현은 그만큼 그리스 수사학에 정통했다는 말이며, 그러므로 포레 신부는 "수사학자들의 필로포에멘"이라는 이름을 받을 만하다는 것이다.

가요? 이 이야기는 벌써 삼사십 년 전에 샤를 포레 신부가 가르쳐준 것입니다. 베르니 신부가 방금 제가 인용한 대목에 감식안이 없다고 비난했다구요? 이것은 정말 새로운 생각입니다. 하지만 그 생각이 정당한 것이던가요?

더욱이 제가 듣기로는 베르니 신부의 연설에 생각도 좋고, 표현도 좋은 대목이 꽤 된다고 합니다. 선생님께서는 그 점에 대해서는 저보다 더 잘 아시겠지요. 선생님께서는 아름다운 것을 듣게 되겠다고 기대가 되면 어떤 기회도 놓치는 법이 없으시지요. 우연히도 베르니 신부의 연설에 방금 제가 비난한 것이 전혀 없고, 제가 들은 말이 원문을 왜곡했던 것이었다면 그것보다 더 듣고 말하는 사람들을 위한 편지에 유용한 점이 있다는 것을 제대로 보여주는 것이 없지 않겠습니까?[*]

상상력으로 이루어진 시에서든, 수수께끼로 이루어진 오벨리스크에서든, 임시로 쓰인(accidentel) 상형문자가 나타나는 곳마다, 비범한 상상력이나 통찰력을 가져야 상형문자를 이해할 수 있을 것입니다. 하지만 시를 올바로 이해하는 일이 그토록 어렵다면 시를 짓는 일은 얼마나 더 어려운 일이겠습니까? 혹 제게 "시 한 편 짓지 않는 사람이 없다"고 하신다면 저는 그저 "시 한 편 짓는 사람이 없다"고 답변하겠습니다. 모든 모방의 예술은 각자 특별한 상형문자를 갖추고 있으므로 언젠가 어떤 교양을 갖

<hr />

[*] 아카데미프랑세즈에 모인 사람들은 모두 "듣고 말하"지만, 그것이 대화 상대자의 뜻과 감정을 바로 이해할 수 있다는 보증은 되지 못한다는 말.

춘 섬세한 정신의 소유자가 있는 힘껏 이들 예술 간의 상형문자들을 비교해주기를 바랍니다.*

한 시인의 아름다움과 다른 시인의 아름다움의 경중을 달아보는 일은 우리가 수천 번도 더 했던 일입니다. 그러나 시, 회화, 음악에 공통된 아름다움을 모으고, 이들 간의 유추 관계를 제시하고, 시인, 화가, 음악가가 어떻게 동일한 이미지를 표현하는지 설명하고, 이들의 표현에서 순간적으로 나타나는 상징들을 포착하고, 이들 상징 간에 어떤 유사성이 있는지 검토하는 것 등이 해야 할 일로 남아 있으며, 이를 선생님께서 쓰신『하나의 원칙으로 환원된 예술』에 추가하시도록 충고드리는 것입니다. 선생님, 책머리에 아름다운 자연(la belle nature)이라는 것이 무엇인지 설명하는 한 장을 반드시 실으시기 바랍니다. 선생님의 논고에 한 가지가 부족하기 때문에 기초가 부실해졌다고 저와 의견을 함께하는 분들이 있기 때문입니다. 선생님, 각 예술이 어떻게 똑같은 한 대상에서 자연을 모방하는지 한번 말씀을 해주시고, 그분들이 주장하듯 무릇 자연에는 아름답지 않은 것이 없고 자연이 추할 때는 제자리를 벗어났을 때뿐이라는 생각은 옳지 못하다는 점을 증명해주시기 바랍니다. 그분들은 제게 이렇게 말씀하십니다. 왜 화가가 내 누추한 집을 그릴 때 갈라지고 뒤틀

* 여기서부터 모든 예술을 "아름다운 자연"이라는 "하나의 원칙으로 환원"했던 바퇴의 저작에 대한 비판이 시작된다. 바퇴는 모든 예술의 공통점을 너무 쉽게 찾으려 들었고, 디드로는 바퇴가 각 예술에 고유한 특징이 있음을 간과했다고 비판한다.

리고 가지가 잘려나간 늙은 떡갈나무를, 내 집 문 앞에 있었다면 베어버리라고 했을 그 떡갈나무를 집 앞에 가져다 두는 것일까요? 떡갈나무가 아름다워서입니까? 추해서입니까? 집주인이 옳은가요, 화가가 옳은가요? 모방하는 대상에는 이와 같은 어려움과 또 다른 수많은 어려움이 항상 생겨나기 마련입니다. 그분들은 저더러 왜 시에서는 그토록 감탄스러운 그림이 화폭에 옮겨지면 우스꽝스러워지는지 답변해달라고 하십니다. 베르길리우스의 다음의 아름다운 시구를 붓으로 표현하고자 하는 화가는 얼마나 기발해야 할까요?

> 그러나 바다가 크게 으르렁거리자 폭풍이 풀려나
> 넵투누스는 바닷물을 맨 밑바닥에서부터 뒤집어놓
>   은 것을 알아차리고
> 언짢아하며 수면 위로 고개를 들어 차분하게
> 바다 위를 내다보았다.
> *Interea magno misceri murmure pontum*
> *Emissamque hiemem sensit Neptunus et imis*
> *Stagna refusa vadis ; graviter commotus, et alto*
> *Prospiciens summa placidum caput extulit unda.*[*]

그분들은 화가가 얼마나 기발해야 넵투누스가 고개를 수

[*] 베르길리우스, 『아이네이스』 I권, 124~128행(천병희 옮김, 도서출판 숲, 2007, 번역 수정).

면으로 드는 놀라운 순간을 포착할 수 있겠냐고, 그 순간 신은 고작해야 목이 잘린 사람처럼 보일 뿐이니, 시에서는 그토록 장엄했던 신의 고개가 파도 위에서는 어떻게 그토록 형편없는 효과밖에 못 내느냐고, 어떻게 우리의 상상력을 그토록 황홀케 했던 것이 눈으로는 그렇게 보기 싫게 만들 수가 있는 것이냐고, 그러니까 화가의 아름다운 자연이 따로 있고, 시인의 아름다운 자연이 따로 있는 것이냐고 말씀하십니다. 이로부터 그분들이 어떤 결론을 이끌어낼지는 누구도 모르는 일입니다. 성가시게 꼬치꼬치 캐묻는 분들로부터 선생님께서 숨을 좀 돌리시도록, 재미 삼아 시, 회화, 음악을 따라, 동일한 대상에서 이루어지는 자연을 모방하는 한 가지 예를 제안해볼까 합니다.

　시, 회화, 음악 세 예술의 모방의 대상으로 죽어가는 여인을 삼아 보겠습니다. 시인은 이렇게 말할 것입니다.

　　[디도는] 한 번 더 무거운 눈을 들려다가 기절했다.
　　가슴 밑에서 깊숙한 상처가 쉿 소리를 냈다.
　　세 번이나 그녀는 팔꿈치를 딛고 몸을 일으켜 세웠
　　　　으나
　　세 번이나 도로 침대 위로 넘어졌다. 그녀는 초점 없
　　　　이 헤매는
　　눈으로 높은 하늘에서 햇빛을 찾았고, 그것을 발견
　　　　할 때마다 신음했다.

　Illa graves oculos conata attollere, rursus

Deficit : infixum stridet sub pectore vulnus.
Ter ses attollens cubitoque innixa levait ;
Ter revoluta toro est, oculisque errantibus alto
Quaesivit coelo lucem, ingemuitque reperta.[*]

혹은

생명 자체도
온 힘줄과 뼈로부터 풀려버릴 것이다.

Vita quoque omnis
Omnibus e nervis atque ossibus exsolvatur.[**]

음악가는[***] '한 번 더 무거운 눈을 들려다가 기절했다(*illa graves oculos conata attollere, rursus deficit*)'를 반음 음정으로 하행하면서 연주하는 것으로 시작할 것입니다(a). 그 다음에는 '세 번이나 그녀는 팔꿈치를 딛고(*Ter ses attollens*)'를 불완전 5도 음정(r)으로 올라가서, 쉼표 다음에 온 음 셋이 이어지는 훨씬 더 고통스러운 트리톤 음정으로 상행합니다(b). '그녀는 초점 없이 헤매는 눈으로 높은 하늘에서 햇빛을 찾았고(*oculisque errantibus alto quaesivit*

---

[*] 베르길리우스, 『아이네이스』 IV권, 688~692행(천병희 옮김, 도서출판 숲, 2007, 번역 수정).
[**] 루크레티우스, 『사물의 본성에 관하여』 I권, 810~811행.
[***] 악보를 보시기 바랍니다.—원주

coelo lucem)'는 상행하면서 반음으로 된 작은 음정을 따릅니다(c). 이 작은 음정이 상행하면서 햇빛의 역할을 할 것입니다. 이 빛이 죽어가는 여인의 마지막 안간힘입니다. 다음에 그 여인은 '세 번이나 도로 침대 위로 넘겨졌다(*revoluta toro est*)'에서 순차진행으로 계속 약해지기만 합니다(d). 그 여인은 결국 '생명 자체도 온 힘줄과 뼈로부터 풀려버릴 것이다(*Vita quoque omnis omnibus e nervis atque ossibus exsolvatur*)'에서 숨을 거두고, 그녀의 생명이 꺼지는 것은 반음 음정으로 표현될 것입니다(e). 루크레티우스는 '풀려버릴 것이다(*exsolvatur*)'의 느린 장장격 두 개를 통해 힘이 풀려버리는 것을 그리고 있습니다. 음악가는 이를 순차 진행하는 두 개의 2분음표로 표현합니다(f). 여기서 두 번째 2분음표에 종지부가 놓여 꺼져가는 빛이 가물거리는 움직임을 대단히 놀랍게 모방할 것입니다.*

　　이제 화가의 표현을 눈으로 훑어보시기 바랍니다. 선생님께서는 두 다리에서도, 왼쪽 손에서도, 오른팔에서도 '풀려버릴 것이다(*exsolvatur*)'에 해당하는 표현을 어디에서나 만나보실 수 있을 것입니다. 화가에게는 단 한순간밖에 주어지지 않으므로 시인처럼 죽음에 대한 여러 징후를 모을 수 없습니다. 하지만 반대로 그 징후들은 훨씬 더 놀라움을 주는 것입니다. 화가는 사물을 그 자체로 보여줍니다. 음악가와 시인은 그것을 오직 상형문자로밖에

---

* 「옮긴이의 글」 참조.

"나 죽어가네, 두 눈에 빛 꺼져가네."

표현할 수 없습니다. 음악을 잘 아는 음악가라면 반주 파트로 합주를 해서 성악 파트의 표현을 강화하거나 주제에 필요한 새로운 관념을 추가할 것입니다. 그래서 베이스의 첫 번째 마디는 증7도 화음(g)에서 나오는 아주 침울한 화성을 사용합니다. 여기서 증7도 화음은 일반적인 규칙을 벗어나 놓여 있고 그 뒤에 다른 불완전 5도(h) 하나가 뒤따르고 있습니다. 그다음은 끝까지 6도와 단3도가 계속 이어지면서 힘이 소진되다 완전한 소멸로 이어지는 것을 나타냅니다. 여기가 베르길리우스의 '높은 하늘에서 햇빛을 찾았고(*alto quaesivit coelo lucem*)'의 장장격에 해당하는 곳입니다. [왼쪽 그림 참조]

그런데 저는 여기서 더 능숙한 손이 더해져 완성할 수 있도록 초안만 잡았을 뿐입니다. 확신컨대 프랑스 화가, 프랑스 시인, 프랑스 음악가들에게서 제가 선택한 주제를 더욱 놀랍게, 더욱 긴밀한 유추 관계로 표현한 예를 찾을 수 있을 것입니다. 하지만 저는 그 예를 선생님께서 수고스러우시겠지만 직접 찾고 사용해 보시라고 말씀드립니다. 선생님이야말로 화가이자, 시인이자, 음악가가 아니신가요. 선생님께서 모든 예술에 거의 똑같은 수준으로 정통하시지 않으셨다면 어찌 예술 전 분야를 한 가지 동일한 원칙으로 환원해볼 생각을 하셨겠습니까.

시인과 웅변가가 때로 듣기 좋게 문체에 조화를 활용할 줄 알기에, 음악가가 어떤 화음들과, 자기가 쓰곤 하던 화음과, 어떤 음정들을 배제하면서 곡의 구성에 완전을 기하기에, 저는 음악가와 시인의 노고와 주의 깊은 웅변가의 노력에 아낌없는 찬사를 보냅니다. 그러나 그만큼 저는 프랑스어에서 수없이 많은 에너지 넘치는 표현들을 지워버렸던 소위 고상한 표현법을 비판합니다. 이런 거짓 섬세함을 모르다시피 했던 그리스 사람들과 라틴 사람들은 그들의 언어로, 원했던 것을 원하는 대로 말했습니다. 프랑스어는 너무 세련된 나머지 빈곤해지고 말았습니다. 한 가지 관념을 표현하는 한 가지 용어밖에 없기 일쑤이니, 고상한 용어를 사용하지 않기보다는 차라리 관념을 약화하는 편이 낫다고들 생각합니다. 힘찬 상상력을 갖춘 프랑스 작가들에게는 얼마나 큰 상실일까요! 아미요와 몽테뉴 같은 작가들*에게서 지금도 기쁘게 다시 읽곤 하는 그 수많은 말들을 이제 전부 잃고 말았습니다! 그들은 아름다운 문체에 등을 돌리는 것으로 작업을 시작했습니다. 민중 속으로 들어가봤기 때문이죠. 그다음에는 민중이 그들에게 등을 돌렸습니다. 민중이란 시간이 지남에 따라 위인들의 말을 지긋지긋하게 반복하는 원숭이 같은 사람들이니까요. 확신컨대 프랑스 사람들의 언어도 중국 사람들의 것처럼 말하는 말 따로 쓰는 말 따로가 될 것입니다. 선생님, 이 점을 지적하는 것으로 제 성찰은 거의 끝났습니다. 선생님과 함께 먼 길을 걸어왔고 이젠 헤어질 때가 된 것 같습니다. 선생님과 함께 걸었던 미로의 출구에서

* 모두 16세기의 프랑스 작가들.

선생님을 아직 잠시 잡아두는 것은 우리가 돌아온 길을 몇 마디로 기억하시도록 하기 위함입니다.

도치의 본성을 올바로 이해하려면 웅변의 언어가 어떻게 형성되었는지 검토하는 일이 적절하리라 생각했습니다.

검토 결과, 1. 프랑스어를 동물의 언어, 혹은 웅변의 언어의 최초의 상태, 격, 목적어, 굴절, 어미변화가 없는 언어의 상태, 한마디로 구문이 형성되지 않았던 상태와 비교한다면 도치가 굉장히 많았으며, 2. 프랑스어에 고대 언어들의 도치라고 부르는 것이 거의 없다시피 하다면, 아마도 추상적인 존재를 객관적 실재로 간주하면서 그것을 담화의 상석에 앉힌 현대의 아리스토텔레스주의에서 그 원인을 찾을 수 있다고 추론했습니다.

이들 첫 번째 진리에 기대어본다면 웅변 언어의 기원으로 거슬러 올라가지 않아도, 몸짓언어를 연구하는 것만으로 이 점이 확인될 수 있으리라 생각했습니다.

몸짓언어를 아는 두 가지 방법을 제안해 보았습니다. 약속으로 정한 벙어리에 대한 경험과 선천적 농아와 꼭 붙어서 나눈 대화가 그것입니다.

약속으로 정한 벙어리라는 생각 혹은 언어의 형성 과정을 해명하려고 어떤 사람을 일부러 말하지 못하게 한다는 생각을 다소 일반화시켜, 갖고 있는 감각의 수만큼 한 사람을 뚜렷이 구분된 존재들로 나누어 고려해 보았습니다. 또 저는 어떤 배우의 억양을 올바로 판단하기 위해서 보지 않고 목소리를 들어야 했다면, 그 배우의 몸짓을 올바로 판단하기 위해서 듣지 않고 눈으로 바라봤던 것이 당연하다는 점을 이해했습니다.

몸짓 에너지 이야기가 나왔으니 말인데 그래서 저는 그중 몇 가지 놀라운 사례를 언급했습니다. 저는 이 사례들을 숭고의 일종으로 고려하게 되었는데, 저는 이를 숭고의 국면이라고 부릅니다.

저는 선천적 농아가 몸짓으로 친밀한 대화를 나누는 것이 약속으로 정한 벙어리에 대한 경험보다 낫다고 생각했습니다. 선천적 농아의 몸짓을 지배하는 순서와 그에게 어떤 관념을 전할 때 우리가 겪는 어려움을 고려해 본 뒤, 저는 웅변의 기호, 최초로 제정된 기호, 마지막으로 만들어진 기호를 구분하게 되었습니다.

말에서 장단이 확정되지 않은 부분들과 특히 시제를 나타내는 부분들을 표시하는 기호들은 마지막으로 만들어진 기호들임을 보았습니다. 그리고 왜 여러 시제를 갖추지 않은 언어들이 있고 동일한 시제를 이중으로 사용하는 언어들이 있는지 이해했습니다.

시제가 없는 언어가 있고 시제를 이렇게도 쓰고 저렇게도 쓰는 언어가 있다는 사실을 통해 저는 일반적으로 모든 언어를 탄생 상태, 형성 상태, 완성 상태의 서로 다른 세 가지로 구분할 수 있었습니다.

형성을 마친 언어를 사용하는 정신은 통사법에 묶여 있음을 알았습니다. 그리스어와 라틴어 도미문을 지배하는 순서를 개념화할 수 없다는 점으로부터 저는 다음과 같은 결론을 얻었습니다. 1. 고대어이든 현대어이든 용어들의 순서와 상관없이 작가의 정신은 프랑스어 구문의 교육적 순서를 따랐고, 2. 이 구문은 가장 단순하기 때문에 이 점과 다른 여러 가지 점을 고려해본다면 프랑스어는 모든 고대어에 비해 장점이 있습니다.

저는 한 걸음 더 나아가, 라틴어에 관사 '*hic*', '*ille*'와 프랑스어에 관사 '*le*'가 도입되어 사용되고 있는 점과 어떤 판단을 내리거나 연설을 할 때 동시에 여러 지각이 필요하다는 점을 통해, 정신이 그리스어와 라틴어 통사법에 묶여 있지 않을지라도, 정신의 연속된 시선들은 프랑스어 표현들을 교육적으로 배열해놓은 것과 큰 차이가 없으리라는 점을 증명했습니다.

형성을 마친 언어의 상태에서 완성된 언어의 상태로 이행하는 과정에서 저는 조화가 생긴다는 점을 알게 되었습니다.

저는 문체의 조화와 음악의 화성을 비교했습니다. 그리고 1. 단어들 사이에서 최초로 나타난 조화는 장단과 본능적으로 모음과 자음을 결합해서 얻는 효과이며, 도미문에서 최초로 나타난 조화는 단어들을 배치한 결과이고, 2. 음절을 통한 조화와 도미문에서 얻어지는 조화를 이용하여 특별히 시에서 쓰이는 일종의 상형문자가 생긴다는 점을 깨달았습니다. 그리고 가장 위대한 시인들의 서너 대목을 분석하면서 이 상형문자를 검토했습니다.

103

이렇게 분석하면서 한 시인을 다른 언어로 번역하기란 불가능하고, 시인보다 기하학자를 제대로 이해하는 일이 더 흔한 일임을 확신할 수 있다고 생각했습니다.

저는 시인을 제대로 이해하는 일이 어렵다는 점을 두 가지 예를 들어 증명했습니다. 호메로스의 한 대목에서 실수를 범했던 롱기누스, 부알로, 라 모트의 예가 한 가지이고, 제가 보기에 라신의 한 대목에서 실수를 범했던 베르니 신부의 예가 다른 한 가지입니다.

어떤 언어가 되었든 음절로 이루어진 상형문자가 언제 언어에 도입되었는지 정해본 뒤, 모방의 예술은 각자 자신의 상형문자를 가지며, 교양을 갖춘 섬세한 작가가 나타나 이들을 비교해주기를 기대해 마지않는다는 점에 주목했습니다.

선생님, 이 지점에서 저는 몇몇 분들이 선생님께서 그 일을 해주시기를 기대했고, 선생님께서 쓰신 아름다운 자연의 모방으로 환원된 예술에 관한 책을 읽었던 분들은 선생님께서 아름다운 자연이란 무엇인지 당연히 명쾌하게 설명해주실 필요가 있다고 생각했다는 점을 알려드리지 않을 수 없었습니다.

선생님께서 시, 회화, 음악의 상형문자들을 비교해주실 때까지 제가 감히 먼저 그 주제에 관련하여 비교를 해보았습니다.

음악의 화성을 필연적으로 비교하게 되었는데, 그러다 보니 웅변의 조화의 문제도 다루게 되었습니다. 저는 음악의 화성과 웅변의 조화에서 지켜야 하는 구속을 따르는 일이, 프랑스어를 날마다 빈곤하게 만드는 경향이 있는 무어라 해야 할지 모를 섬세함을 따르는 것보다 훨씬 받아들일 만하다고 말씀드렸고, 이 문제를 선생님께서 맡아주십사 부탁드리면서 다시 한 번 말씀드렸습니다.

선생님, 제가 방금 말씀드렸던 성찰에 대해 모든 고대어와 대부분의 현대어보다 프랑스어가 낮다는 생각을 후회하고 있으리라고는 생각하지 마시기 바랍니다. 저는 제 입장을 고수하고 있습니다. 그리고 저는 그리스어, 라틴어, 이탈리아어, 영어 등이 듣기에 좋다면 이에 비해 프랑스어는 유용하다는 장점이 있다고 항상 생각합니다.

제 의견을 따르자면 매력이라는 면에서 고대어와 이웃 나라 언어들이 더 나은 것이라면, 경험적으로 우리의 언어는 유용한 경우에만 쓰이도록 된 것이냐는 반박을 아마 받게 될지도 모르겠습니다. 하지만 프랑스어가 유용하다는 점에서 훌륭하다면 듣기 좋다는 점에서도 역시 적합하리라고 답변드리겠습니다. 프랑스어가 성공적으로 얻지 못한 어떤 특징이 있을까요? 라블레의 프랑스어는 익살스럽고, 라퐁텐과 브랑톰의 프랑스어는 순박하고, 말레르브와 플레쉬에의 프랑스어는 조화를 갖추었고, 코르네유와 보쉬에의 프랑스어는 숭고합니다. 부알로, 라신, 볼테르, 그리고 다른 수많은 운문과 산문 작가들의 프랑스어는 어떻습니까? 그러니 불평은 말도록 하지요. 프랑스어를 제대로 사용할 줄 안다면 프랑스어로 된 저작은 고대인들의 저작이 우리에게 값진 만큼 우리의 후세에게도 값진 것이 될 것입니다. 제아무리 그리스어, 라틴어, 영어, 이탈리아어라도 평범한 사람 손에 들어가면 평범한 것밖에 만들어내지 못할 것입니다. 프랑스어라도 천재가 펜을 든다면 기적을 만들 것입니다. 무슨 언어로 되었더라도 천재가 떠받치는 작품은 무너지는 법이 없습니다.

앞의 편지의 저자가 출판업자 B... 씨에게

여러 사람에게 보내는 의견

『농아에 대한 편지』에 관련한
『트레부』지 편집자 발췌문(4월, 기사 42,
841쪽)에 대한 검토

기사 42.『듣고 말하는 사람들을 위한
농아에 대한 편지』, 12절판, 차례 제외 241쪽,
이 책은 파리 오귀스탱 강변로의
보슈 피스 서점에 나와 있다.

앞의 편지의 저자가 출판업자 B... 씨에게

선생님, 전혀 읽어본 적이 없는 저작, 하물며 들어서만 알고 있을 뿐인 저작에 비판을 가하는 것보다 위험한 일은 없습니다. 제가 처한 경우가 정확히 그렇습니다.

아카데미프랑세즈의 최근 공개 회합에 참석하셨던 한 분이 베르니 신부가 라신의 비극 「페드르」에서 테라멘의 다음 시구가 그저 배치가 잘못된 것이 아니라, 그 자체로 형편없다는 말을 반복했음을 제게 확인해 주었습니다.

그분의 빼어난 준마들은 예전에 보았을 때는
고상한 열정으로 넘쳐 그분 목소리에 고분고분했는데
이제는 눈에 슬픔이 어리고, 머리를 푹 숙인 것이
꼭 그분의 침통한 생각을 따르는 듯했습니다.
Ses superbes coursiers, qu'on voyait autrefois
Pleins d'une ardeur si noble obéir à sa voix,
L'œil morne maintenant, et la tête baissée
Semblaient se conformer à sa triste pensée.

저는 베르니 신부의 기분을 상하게 할 생각은 전혀 없었고 당연히 그분 생각이라고밖에 볼 수 없었던 생각을 공박할 수 있다고 믿었습니다. 하지만 혼자서 여러모로 따져보니 베르니 신부가 라신의 위의 시구에서 이미지 자체가 아니라 적절치 않은 장소에 들어갔다는 점만 비판한다고 주장하셨다는 생각이 들었습니다. 덧붙여 베르니 신부의 비판은 아주 새로운 것이 아니라, 문제가 되는 시구를 가장 잘 알려진 예로서, 즉 위대한 인물이라도 단호하지 못할 때가 있어, 간혹 나쁜 취향에 휩쓸리기도 한다는 점을 극복하는 데 가장 적합한 예로서 인용했을 뿐입니다.

선생님, 그러므로 저는 전적으로 베르니 신부의 의견에 동의한다는 점을 공개적으로 선언하고, 그 결과 설익었던 비판을 철회해야 한다고 믿습니다.

선생님께 진리만을 사랑하고 추구하는 철학자라면 마땅히 해야 할 철회의 말씀을 보내오니, 이를 제 편지에 동봉하시어, 두 글월이 남거나 아니면 함께 잊히도록 해주시기를 부탁드립니다. 아울러 무엇보다 이 철회의 편지를 레날 신부께 전해주시어 그분께서 책임을 맡고 계신『메르퀴르』지에 이 점 언급하실 수 있도록 해주시고, 베르니 신부께도 전해주시기를 부탁드립니다. 아직 베르니 신부를 제가 직접 뵌 적은 없으나 그분의 문예에 대한 사랑과, 시에 대한 특별한 재능, 섬세한 취향, 다정다감하신 품행, 즐거움 가득한 교제 관계에 합당한 명성만은 익히 들어 알고 있습니다. 모든 사람이 저와 같은 의견일 것이며, 이 점에 대해서만큼은 제 의견을 취소하는 일이 결코 없을 것입니다.

친애하는

디드로 배상

1751년 3월 3일 V에서

여러 사람에게 보내는 의견

뒤에 이어지는 편지에서 해결하고자 했던 문제들은 편지 수신인 자신이 제기한 것이다. 편지 수신인이었던 여인이 아니라 파리의 그 누구라도 본 답변을 충분히 이해할 수 있을 것이다.

……양에게 보내는 편지.

아가씨, 아닙니다. 아가씨를 제가 잊다니요. 좀 짬이 나야 생각을 정리하겠는데, 그 시간을 내는 데 참 오랜 시간이 걸렸다는 말씀을 드립니다. 하지만 제가 맡고 있는 대작의 첫 번째 권을 끝내고, 두 번째 권을 준비하기 전에,* 내내 비 내리는 나날들 사이에 잠시 맑게 갠 날처럼 틈이 나서 그 덕을 좀 보게 되었습니다.

　　아가씨는 한 사람을 우리가 가진 감각의 수만큼 사유하는 부분으로 나누어보자는 기이한 가정을 해볼 때, 감각 하나하나가 어떻게 기하학자가 되는지, 모든 것에 대해 말할 수 있고 서로는 기하학으로만 이해할 수 있는

* 『백과사전』의 I권과 II권은 각각 1751년 6월 28일과 1752년 1월 21일에 출판되었다. 『듣고 말하는 사람들을 위한 농아에 대한 편지』는 I권이 출판되기 조금 앞선 1751년 2월에 나왔다. 디드로는 I권의 편집을 마치고 출판을 기다리는 사이에 이 편지를 쓸 수 있었던 것 같다.

한 사회가 오감 사이에 어떻게 형성되는지 이해할 수 없다고 말씀하셨습니다. 저는 이 부분을 분명히 밝혀보려고 합니다. 아가씨께서 제 이야기를 이해하는 데 어려움을 겪으실 때마다 그것이 제 책임이라고 생각해야 하기 때문입니다.

어떡하면 관능적인 후각이 꽃에 집중할 수 없고, 섬세한 귀가 소리의 자극을 들을 수 없고, 민첩하고 재빠른 눈이 다양한 대상들을 두루 살필 수 없고, 한결같지 못하고 변덕이 심한 미각으로서는 맛을 바꿔볼 수 없고, 둔하고 물질적인 촉각은 단단한 것을 누를 수 없게 될까요. 이 관찰자들 각자가 서로 다른 한 개, 두 개, 세 개, 네 개 등의 지각의 기억이나 의식, 혹은 한 번, 두 번, 세 번, 네 번 등으로 반복된 동일한 지각의 기억이나 의식을 갖지 않는다면, 결과적으로 하나, 둘, 셋, 넷 하는 수에 대한 개념을 갖지 않는다면 그렇게 될 것입니다. 경험이 반복되면서 우리는 존재들과 그 존재들의 감각 자질이 존재한다는 사실을 확증함과 동시에 수의 추상적인 개념에 이르게 됩니다. 예를 들어 촉각이 "내가 쥔 것은 구(球) 두 개와 원기둥 하나야"라고 말한다면, 자기가 한 말을 이해 못 하든가, 아니면 구와 원기둥의 개념으로, '하나'와 '둘'이라는 숫자의 개념을 갖게 되거나 둘 중 하나입니다. 촉각은 수 개념과 물체를 추상화 작용을 통해 분리할 수 있게 되고, 물체에 수를 적용하여 숙고와 계산을 위한 대상을 형성할 수 있을 것입니다. 이때 산술 계산은 수 개념을 나타내는 기호(symboles)가 한정된 단위들의 총합을 전체적으로 혹은 따로따로 지시하는 경우이고, 대수 계산은 더 일반적으로 이 기호들 각각이 단위들의 총합으로 한정 없이 확장되는 경우입니다.

그러나 시각, 후각, 미각은 똑같이 학문의 진보를 볼 수 있습니다. 그러므로 사유하는 존재의 수만큼 우리의 감각이 나뉘었을 때 우리의 감각 모두는 산술과 대수의 가장 숭고한 사변으로까지 드높아지고, 심층적인 분석에 이를 수 있고, 방정식의 본성이 무엇인지에 대한 가장 복잡한 문제들도 제시하고, 이를 자신이 마치 그리스 수학자 디오판테스가 되었던 것처럼 풀어낼 수 있을 것입니다. 굴 껍데기 안에서 굴이 하는 일이 아마 이런 것이 아닐까 합니다.

어찌 됐건 그 결과 순수수학이 오감을 통해 우리 마음에 들어와 자리 잡고, 추상적인 개념에 대단히 익숙해지게 될 것입니다. 그러나 우리는 필요와 즐거움 때문에 끊임없이 추상화된 영역에서 실재 존재 쪽으로 이끌리기 마련이므로, 존재들의 특성과 수라는 추상적인 개념을 결합하지 않는다면 의인화된 우리의 감각들은 긴 대화를 나눌 수 없으리라 추정해야 합니다. 곧 눈은 말과 계산에 얼룩덜룩 색칠을 할 것이고, 귀는 "저것이 눈을 사로잡는 광기인 것이지" 할 것이고, 미각은 "정말 안됐군" 할 것이고, 후각은 "눈이 분석 하나는 기가 막히게 하지" 할 것이고, 촉각은 "그런데 색만 보면 단단히 미친다니까" 할 것입니다. 제가 눈에 대해 생각해본 것이 다른 네 감각에도 똑같이 해당됩니다. 그들 모두가 우스꽝스러워 보일 것입니다. 왜 우리의 감각들은 간혹 한데 모여서는 잘하던 일을 떨어져서는 못하는 것일까요?

그러나 수의 개념이 감각들이 공통적으로 가진 유일한 것은 아닐 것입니다. 후각이 기하학자가 되면 꽃을 중심으로 간주하면서, 향기는 꽃에서 멀어지는 거리에 비례하여 약화된다는 법칙을 발견할 것입니다. 그리고 다른 감각들도 계산을 하는 데까지는 아니라고 해도 적어도 강도(*intensité*)와 감소(*rémission*)의 개념까지는 이를 수 있을 것입니다. 각각의 감각에 공통적이고 특별한 감각 자질과 추상적 개념의 대단히 재미난 도표를 만들어볼 수 있을 것입니다만, 제가 여기서 할 일은 아닙니다. 제가 주목하고자 하는 것은 단지 한 감각이 풍요로워질수록 개별적인 개념은 더 늘어날 것이고, 그렇게 되면 그 감각은 다른 감각들에게 도를 벗어난 것처럼 보이리라는 것입니다. 그 감각은 다른 감각들을 모자란 존재로 대하겠지요. 그러나 이와는 반대로 저 모자란 감각들은 그 감각을 진지하게 미친놈 취급할 것입니다. 가장 바보스러운 감각은 틀림없이 제가 제일 똑똑하다고 생각할 것이고, 한 감각은 자기가 제일 잘 아는 것에 대해서만큼은 반박받는 일이 없을 것이고, 늘 넷이 하나가 되어 다른 하나에 맞서게 되니 이 때문에 다수의 판단을 항상 올바른 것으로 볼 것이고, 우리의 오감을 인격화해서 다섯 명으로 구성된 사회로 보지 말고 오감으로 구성된 국민을 제시해본다면 이들은 반드시 눈의 분파, 코의 분파, 입의 분파, 귀의 분파, 손의 분파와 같은 다섯 개의 분파로 갈라질 것이고, 이들 분파는 동일한 기원을 갖고, 무식하고, 제 이해관계만 따를 것이고, 불관용과 박해의 정신이 곧 그들 분파에 들어서게 되어, 눈은 헛것을 보는 자라고 정신병원에 갇히겠고, 코는 저능아 취급을 받겠고, 입은 변덕스럽고 섬세하지도 않으면서 섬세한 체하는 지긋지긋한 사람이라고 다들 피할 것이고, 귀는 호기심 많고 오만하다고 싫어들 할 것이고, 손은 유물론을 가졌다고 경멸받을 것이므로, 어떤 상위 권력이 나서서 각 분파가 올바르고 자비로운 생각을 갖게끔 촉진한다면 그 국가 전체는 즉시 끝장나고 말지 모릅니다.

제 생각엔 이런 생각에 라 퐁텐이 가진 가벼움과 우다르 드 라 모트의 철학적 재치를 더한다면 멋진 우화 하나가 나오지 않을까 싶습니다. 하지만 플라톤의 우화만큼은 못 되겠지요. 플라톤은 우리가 동굴 안에서 빛을 등지고 얼굴은 안쪽을 향하고 앉아 있다고 가정합니다. 우리는 머리를 좀처럼 움직일 수 없고 두 눈은 우리 앞에 일어나는 일에만 고정되어 있을 뿐이죠. 플라톤은 빛과 우리 사이에 길고 높은 벽이 있어서 그 위로 온갖 종류의 형상들이 보였다, 멀어졌다, 다시 생겼다, 쑥 나왔다, 쑥 들어갔다, 사라진다고 생각합니다. 사실은 그 형상들의 그림자가 동굴 안에 투사되는 것이지요. 사람들은 제가 본 것이 고작 그림자였을 뿐임을 알아차리지도 못한 채 죽습니다. 그런데 어떤 양식 있는 사람 하나가 이 불가사의한 마력을 의심하고, 자기 머리를 돌리지 못하게 해왔던 힘에 저항하여 분투한 결과, 그 힘을 극복해내고, 벽을 타고 기어올라 동굴을 결국 벗어나보고, 만에 하나 돌아온다 하더라도 자기가 봤을 것을 입 밖에 내지 않도록 신중해야만 합니다. 철학자들을 위한 훌륭한 교훈이 아니겠습니까! 아가씨, 제가 철학자라도 된 것처럼 그 교훈을 이용해 봤으니, 이제 다른 주제로 넘어가도 되겠지요?

다음에 아가씨께서는 어떻게 지각을 동시에 여럿 가질 수 있는지 물으셨습니다. 그 점을 이해하기 어려우실 테지만, 두 관념 중 하나는 지각을 통해 우리 앞에 제시된 것이고, 다른 하나는 기억을 통해 우리 앞에 제시된 것이라면, 이 두 관념을 비교하거나 어떤 판단을 할 수 있으리라는 점은 더 쉽게 이해하시겠지요? 내 머릿속에 무슨 일이 일어나고 있었을까 검토하고, 정신 활동이 일어나는 바로 그 현장을 포착해볼 목적으로 제가 할 수 있는 한 집중해서 제 안으로 침잠하면서 대단히 심오한 명상에 여러 번 심취해 보았습니다. 그런데 이렇게 노력해 보았어도 아무 성과가 없었습니다. 제 생각에는 나 자신이 자기 안에 있는 동시에 자기 밖에도 있어야 하고, 관찰하는 자의 역할을 하는 동시에 관찰의 대상이 되는 기계 역할도 해야 할 것 같았습니다. 그러나 정신이나 눈이나 사정은 같습니다. 자기 자신을 보지 못하는 것이지요. 어떻게

116

삼단논법이 우리 머릿속에서 작동하는지 알 수 있는 자는 신뿐입니다. 신은 추시계를 발명하고 시계 상자에 영혼 또는 운동을 집어넣었습니다. 신이 있어야 시간이 표시되는 것이지요. 목 위에 머리가 둘 달린 괴물이 있다면 아마 우리에게 어떤 새로운 것을 가르쳐줄 수도 있을 것입니다. 그러므로 우리로서는, 모든 것을 결합하고 여러 세기에 걸쳐 더없이 기이한 현상들을 가져오는 자연이, 자기 자신을 응시하고, 머리 하나가 다른 머리를 관찰할 수 있을 머리 둘 달린 괴물(dicéphale)을 낳아주기를 기다릴 수밖에 없습니다.

아가씨께 고백건대 질문하신 선천적 농아에 관련한 문제에 저는 답변할 수 없습니다. 제 오랜 벙어리 친구에게 도움을 구하거나, 더 낫게는 자코브 로드리그 페레이라 씨*에게 문의를 해야 할 것입니다. 그러나 저를 붙잡고 놓아주지 않는 일들이 끊이지 않아 도통 틈이 나질 않네요. 체계를 구상하는 데는 한순간이면 되지요. 하지만 경험이 쌓이려면 시간이 필요합니다. 그래서 저는 곧 제가 『아이네이스』I권에서 뽑은 예와 관련해 아가씨께서 제기하신 문제를 다뤄보도록 하겠습니다.

제 『편지』의 주장은 시인에게 아름다운 순간이 항상 화가에게 아름다운 순간인 것은 아니라는 것이며, 이 점에 대해서는 아가씨도 같은 의견이십니다. 그런데 아가

---

* Jacob Rodrigues Pereira(1715~80). 포르투갈 출신으로 프랑스에서 최초로 농아의 교육을 맡았다. 수화(手話)를 창안한 사람으로 알려져 있다.

씨께서는 베르길리우스의 시에서 파도 위로 그토록 웅장하게 솟아올랐던 저 넵투누스의 머리가, 화폭에 옮겨지면 형편없는 효과를 낳으리라고는 생각하지 않으십니다. 이렇게 말씀하셨죠. "저는 베르길리우스에 등장하는 넵투누스의 머리를 생각하면 감탄하게 되어요. 상상력에 기대면 바다 밑에 있는 넵투누스 형상의 나머지 부분도 다 볼 수 있거든요. 카를 반 루*의 붓이 파도를 투명하게 그려낼 수 있다면 그의 화폭에서 그 모습을 보고 감탄 못 할 것도 없지 않겠어요?"

아가씨께 몇 가지 이유를 제시할 수 있을 것 같네요. 첫 번째 이유는 가장 훌륭한 것은 아니지만 물속에 일부분만 잠겨 있는 육체는 굴절 효과 때문에 왜곡되고 말기 때문입니다. 자연을 충실히 모방하는 사람이라면 이 굴절 효과를 표현하지 않을 수가 없는데 결국 이 때문에 넵투누스의 머리는 그의 어깨와 분리되고 말 것입니다. 두 번째 이유는 화가의 붓이 물을 아무리 투명하게 표현할 수 있을지라도 물속에 잠긴 육체의 이미지는 항상 너무 흐릿하기 때문입니다. 그래서 관람자가 넵투누스의 머리에 아무리 주의를 집중하더라도 해신(海神)의 목은 잘리고 말 겁니다. 하지만 저는 좀 더 멀리 나아가 보겠습니다. 어떤 화가가 굴절 효과가 별건가 하고 무시할 수도 있고, 그의 붓이 물의 자연적인 투명성을 표현할 수 있다고 가정해

---

* Carle Van Loo(1705~65). 프랑스 화가로, 여기서는 그의 「해신(Dieu marin)」을 말하는 것 같다.

봅니다. 저는 그 화가가 넵투누스가 파도 위로 고개를 들어 올리는 순간을 선택했다면 그의 그림은 여전히 결함을 가지게 되리라 생각합니다. 그 화가는 규칙 하나를 위반하게 될 것입니다. 위대한 대가들이라면 그 규칙을 반드시 준수하겠지만, 대가들의 작품을 판단하는 대부분의 사람들은 그 점을 잘 모르고 있습니다. 사람의 형상이나, 더 일반적으로 말해서 동물의 형상 위에 다른 형상이 투사될 때, 형상의 한 부분이 가려지지 않을 수 없는 수많은 경우가 있을 텐데, 투사가 되더라도 그 부분 전체가 완전히 가려져서는 안 됩니다. 정말이지 주먹이나 팔 하나가 가려지면, 그 형상은 외팔이처럼 보이고, 다른 신체 부위였다면 그 부위가 잘려나간 것으로 보일 테니, 결과적으로 불구가 되어버릴 것입니다. 상상력으로 불쾌한 대상이 연상되지 않을까 걱정하는 화가라면 누구나 외과적인 절단이 나타나지 않도록 노력하겠죠. 그래서 화가는 가려진 부위를 일부라도 보이게 만들어 항상 숨겨진 나머지가 있음을 알려주도록 형상들을 상대적으로 세심하게 배치할 것입니다.

이 준칙은 좀 덜 엄격하기는 하더라도 다른 모든 대상으로 확장됩니다. 원하신다면 기둥을 부숴보세요. 하지만 톱으로 켜듯 반듯이 잘라서는 안 됩니다. 그 준칙은 오래된 것이고, 흉상(胸像)에서 항상 발견됩니다. 흉상에서는 목은 완전히 갖추고, 어깨와 가슴의 일부만을 표현합니다. 그러므로 문제가 되고 있는 예에서 솜씨 좋은 예술가들이라면 파도가 넵투누스의 목을 자르고 있다고 말할 것입니다. 그래서 회화에서는 누구도 이 순간을 소재로 삼을 생각을 하지 않았던 것이죠. 화가들은 누구라도 베르길리우스의 두 번째 이미지, 즉 신이 거의 다 물 밖으로 나와, 해신이 탄 수레의 민첩한 바퀴들이 보이기 시작하는 순간을 선호했습니다.

하지만 아가씨께서 계속 이 예를 받아들일 수 없다면, 똑같이 베르길리우스의 시에서 시로 읽으면 감탄스럽지만 회화라면 받아들일 수 없는 이미지들이 있고, 우리의 상상력은 우리의 눈보다 덜 세심하다는 점을 더 잘 증명해줄 다른 예를 찾을 수 있을 것입니다. 정말이지 화폭에서 율리시스의 동료 하나를 이빨로 물고 뼈째 씹어 먹는 폴리페모스의 시선을 누가 견뎌낼 수 있을까요? 저 거대한 입에 사람을 가로로 물고 수염과 가슴에 줄줄 피를 흘리는 거인을 누가 공포를 느끼지 않고 볼 수 있을까요? 그 그림은 식인종들이나 즐길 것입니다. 그 자연은 식인종들에게는 감탄을 자아내겠지만 우리로서는 끔찍스럽습니다.

모방과 취향의 규칙들과 아름다운 자연의 정의가 얼마나 상이한 요소들과 관련이 있는지 생각하면 놀라고 맙니다. 이들 대상에 대해 언급하기 전에 풍속, 관습, 풍토, 종교, 정부에 관련된 무수한 문제들을 고려했어야 할 것 같습니다. 터키에서 궁륭은 매우 낮습니다. 이슬람교도는 어디에서든 상현달 모양을 모방합니다. 이슬람 취향

조차 예속이 된 것이지요. 민중의 예속 상태는 돔의 형태에서까지 드러납니다. 전제주의는 궁륭과 대들보를 내려앉게 만들지만 종교 의례는 인간의 형상을 파괴하고, 건축물, 회화, 궁에서 그 형상을 쓰지 못하게 합니다.

아가씨, 취향에 대한 사람들의 서로 다른 의견들의 역사는 다른 분에게 들으시기 바랍니다. 그분이라면 추론을 통해서든, 가설을 통해서든 중국 사람들이 어디에서나 기이하기 짝이 없는 불규칙한 것을 좋아하는 이유에 대해 설명을 해줄 것입니다. 제가 맡은 임무는 취향 일반이라고 부르는 것의 기원이 무엇인지 아가씨께 간단히 설명드리는 것입니다. 취향의 원칙들이 얼마나 심한 변천을 겪게 마련인지에 대해서는 아가씨 스스로 검토해보시기 바랍니다.

관계들의 지각(perception des rapports)*은 우리 이성이 내딛는 첫 발자국 중 하나입니다. 관계들은 단순하

---

* "일반적으로 두 음 사이의 관계가 가장 단순할수록 우리 귀에는 기분 좋게 들린다. 두 음이 한 옥타브 차이가 나는 1:2의 관계일 때가 그 경우이다. 그러나 이 경우를 같은 옥타브 음의 반복이므로 제외한다면 우리 귀에 가장 기분 좋게 들리는 경우는 두 음 사이의 관계가 2:3일 때, 다시 말하면 두 음이 5도 관계에 있을 때이다. 음의 관계를 표현하는 수가 커질수록, 즉 두 음의 관계가 복잡하면 복잡할수록 쾌가 줄어드는 까닭은 이러한 관계를 지각하는 데 '더 많은 재능과 연습과 주의력이 요구되기' 때문이다."(이충훈, 「옮긴이 해제」, 『미의 기원과 본성』[드니 디드로 지음, 도서출판 b, 2012], 95쪽) 디드로는 음악에서의 '관계들의 지각'을 다른 예술에도 똑같이 적용할 수 있다고 생각했다. "그러나 이러한 기원은 음악의 쾌에만 특별한 것은 아니다. 일반적으로 쾌는 관계들의 지각이다. 이 원칙은 시, 회화, 건축, 도덕, 모든 예술과 모든 학문에 적용된다. 우리가 아름다운 기계, 아름다운 그림, 아름다운 주랑을 보고 즐거움을 느끼는 것은 오로지 이들 속에서 관계를 알아보기 때문이다. 아름다운 연주회처럼 아름다운 삶도 그러하다고 말할 수 있지 않을까? 우리가 감탄하고 즐거움을 느끼는 토대가 되는 것이 관계들의 지각이다."(디드로, 「수학 논문집」, DPV II권, 256쪽)

거나 복잡합니다. 관계들은 대칭을 구성합니다. 단순한 관계들을 지각하는 것이 복잡한 관계들을 지각하는 것보다 더 쉽고, 모든 관계들 가운데 동등 관계가 가장 단순하므로, 이를 선호하는 것이 당연합니다. 제가 전에 했던 생각이 그렇습니다. 건물의 익면(翼面)이 서로 동등하고 창문의 네 귀퉁이가 평행한 까닭이 바로 그 때문입니다. 예술 가운데 건축을 예로 들면, 단순한 관계와 그 관계로 인해 생기는 대칭에서 자주 벗어난다는 것은 기계나 미로를 만드는 것은 될지언정 궁을 지을 때는 그렇게 하지 않습니다. 유용성, 다양성, 부지(敷地)를 이유로 동등의 관계와 가장 단순한 대칭을 포기할 수밖에 없다면, 이는 항상 마지못해 그러는 것이고, 우리는 여러 길을 통해 서둘러 그 관계와 대칭으로 돌아갑니다. 경박한 사람들은 그길들이 완전히 자의적인 것처럼 보이겠지만 말이죠. 조각상은 멀리서 보도록 만들어졌습니다. 그래서 조각상 밑에 받침대를 설치하는 것입니다. 받침대는 튼튼해야 합니다. 그래서 규칙적인 모든 형상들 가운데 바닥이 가장 넓은 표면과 마주하는 형상을 부여해야 하는데, 입방체가 그것입니다. 입방체의 면이 기울어지면 훨씬 더 견고할 것입니다. 그래서 면을 기울이는 것입니다. 하지만 입방체의 면을 기울이면 물체의 규칙성이 깨어지고, 그것과 더불어 동등 관계도 깨어지게 됩니다. 그러면 굽도리 널과 쇠시리를 이용해 그 관계로 다시 돌아가야 합니다. 쇠시리, 작은 쇠시리, 둥근 윤곽, 굽도리 널, 코니스, 형판(型板) 등과

122

같은 것은 동등 관계를 벗어났다가 눈에 띄지 않게 그 관계로 돌아가기 위해 자연이 제시해놓은 수단일 뿐입니다. 그런데 받침대가 좀 가볍게 느껴지게 하려면 어떻게 해야 할까요? 입방체가 아니라 원기둥을 선택하십시오. 불안전하다는 특징을 나타내려면 어떻게 해야 할까요? 원기둥에는 안정성이 두드러지므로, 조각상이 단 한 점에서만 만나는 형상을 찾아야 합니다. 그래서 행운의 여신은 구(球) 위에 자리 잡고, 운명의 여신은 입방체 위에 자리 잡는 것입니다.

아가씨, 이 원리들이 건축에만 한정된다고 생각하지 마세요. 취향 일반은 관계들의 지각인 것입니다. 아름다운 그림, 시, 아름다운 음악은 그 작품에서 우리가 주목하는 관계를 통해서만 즐거움을 줍니다. 멋진 삶도 멋진 음악회처럼 이와 같습니다. 다른 곳에서 이 원리들을 음악의 대단히 섬세한 현상에 멋지게 적용해보았던 기억이 납니다. 저는 모든 것이 그 원리들에 포함된다고 생각합니다.

어떤 것이나 이유는 충분히 다 있지요. 하지만 그것을 발견하기가 항상 쉬운 것은 아닙니다. 단 하나의 사건으로도 영원히 사라져버릴 수 있습니다. 여러 세기가 지난 뒤 무지의 세월만이 남으면 충분히 그렇게 될 수 있습니다. 수천 년 후 우리의 아버지들이 까마득한 시간 속으로 사라지고, 우리가 세속사(世俗史)에서 거슬러 올라갈 수 있는 세상의 가장 오랜 주민이게 될 때, 우리의 건축가가 이교도 성전에서 우리의 건물로 옮겼던 저 숫양 머리의 기원*이 무엇이었는지 누가 알 수 있겠습니까?

아가씨께서는 취향에 대한 역사적이고 철학적인 논고를 써보려는 사람이라면 오늘부터 어떤 연구를 시작해야 할지 바로 보고 계십니다. 저는 이 어려움을 극복할 만한 사람이라고 생각하지 않습니다. 지식보다 천재가 더 많이 필요하기 때문이지요. 저는 그저 종이에 생각을 적는 것이고, 그 생각은 알아서 실현됩니다.

아가씨의 마지막 문제는 아주 많은 수의 상이한 대상에 관련되어 있고, 상당히 섬세하게 검토되어야 합니다. 그래서 그 대상들을 모두 포괄할 수 있는 한 가지 답변이라고 해도 아마 제가 가진 것보다 더 많은 시간과 더 많은 통찰력과 지식을 필요로 할 것입니다. 아가씨께서는 '시, 회화, 음악에서 우리가 비교해볼 수 있을 정도로 상형문자들을 제공하는 사례가 많이 있을까' 의심하시는 것 같습니다. 우선, 제가 앞에서 말씀드린 것과는 다른 예가 있음은 확실합니다. 하지만 그 예가 많이 있을까요? 위대한 음악가들과 위대한 시인들을 주의 깊게 읽어내고, 여기에 더해 회화의 재능과 화가들의 작품에 대한 폭넓은 지식이 있어야 이를 알 수 있습니다.

아가씨께서는 '음악의 화성과 웅변의 조화를 비교하기 위해서는 음악의 불협화음에 상당하는 것이 웅변의 조화에 있어야 할 것'이라고 생각하셨습니다. 아가씨 생

---

* 이집트의 신 크눔(Khnum)은 숫양의 머리로 재현되었다. 이때 숫양은 열기를 상징했다.

각이 맞습니다. 그러나 모음과 자음이 만날 때 축약이 이루어지고, 동일한 음이 반복되고, 유성 '*b*'가 사용되는 것이 이러한 기능을 맡지 않을까요?* 이러한 자원을 사용하려면 시와 음악에 동일한 기술, 더 자세히 말하자면 동일한 천재가 필요하지 않을까요? 아가씨, 웅변에 해당하는 불협화음의 몇 가지 예를 밑에 적었습니다. 아가씨가 기억력이 좋으니 틀림없이 다른 사례를 굉장히 많이 얻으실 수 있을 것입니다.

> 한 모음 너무 서둘러 달리다
> 도중에 부딪히지 않게끔 하라.
> *Gardez qu'une voyelle à courir trop hâtée*
> *Ne soit d'une voyelle en son chemin heurtée.*
> ─부알로**

무시무시하고 못생기고 거대한 눈먼 괴물이

---

* 디드로는 시에서 음악의 불협화음에 해당하는 것 중 하나가 '모음 충돌'이라고 본다. "'모음 충돌'은 연속하는 두 단어가 모음으로 끝나고 다시 모음으로 시작되어 발음에 어려움이 일어나는 것을 말한다. 앞의 단어가 모음으로 끝났을 때 이를 발음하는 사람의 입은 여전히 열려 있는 상태이고, 뒤의 단어가 다시 모음으로 시작할 경우 다시 공기를 폐에서 끌어올려 새로운 모음을 만들어야 한다. 이렇게 모음이 중복되어 충돌이 일어나면 '듣는 사람에게 아름답게 들리지 않는'. 일반적으로 이런 경우 아무 의미는 없지만 자음을 하나 삽입해서 발음의 편의를 도모한다(l'euphonie). 시에서 보다 귀에 기분 좋게 들리도록 자음을 삽입하거나 단어의 마지막 모음을 제거하는 까닭이 여기 있다."(이충훈, 「옮긴이 해제」, 『미의 기원과 본성』[드니 디드로 지음, 도서출판 b, 2012], 101쪽)
** 부알로, 『시학』, I곡, 107~108행.

*Monstr*um, horrendum, in*form*e, *I*ngens, *cui lumen*
    *ademp*tum.

— 베르길리우스*

사가나의 장녀와 함께 울부짖으며······
*Cum Sagana majo*re u*l*u*l*antem...
                  지옥의 개와 뱀들이 어슬렁거리는 걸
볼 수도 있겠지······.

                  *Serpen*tes *atque vide*res

*Infer*nas *errare ca*nes...
                  ······어떻게 사가나의 말과 갈마드는
그림자의 말이 슬프고 날카로운 속삭임을 듣게 했
    던가.

                  ...*quo pac*to *alterna loquen*tes

*Umbrae cum Sagana resonarent tris*te et a*cutum.*
— 호라티우스**

이 시구들은 모두 불협화음으로 가득합니다. 그것을 느끼
지 않은 사람은 귀를 갖지 않은 사람입니다.

---

* 베르길리우스, 『아이네이스』 III권, 658행. 위의 시구는 다음처럼 읽힌다. Mōnstr(um),
hōr rend(um), īn fōrm(e), īn gens, cūī lūmĕn ăd ēmptŭm. 즉 세 번의 모음 생략이 있고,
두 번의 장단단격에 대해 세 번의 장장격이 쓰였고, 특별히 거친 자음들이 많이 쓰였다.
** 호라티우스, 『풍자시』 I권, VIII, 25, 34~35, 40~41행. 'majore'와 'triste'의 마지막
'e'에서 모음 생략이 있고, 'pacto alterna'에 모음 충돌이 있고, 's, r, t'의 자음 운들이
있다.

126

아가씨께서는 마지막으로 "어떤 이미지도 줄 수 없고, 선생님은 물론, 그 어느 누구에게도 상형문자의 그림을 전혀 그려주지 않지만 모든 사람이 들으면 대단한 즐거움을 느끼게 되는 음악의 대목들도 있어요"라는 말을 덧붙이십니다.

저는 그런 현상도 있다는 데 동의합니다. 하지만 아가씨 마음속에 아무 그림도 그려주지 않고, 관계들의 분명한 지각도 일깨우지 않으면서 아가씨께 유쾌한 자극이 되는 음악의 대목들이란 무지개가 아가씨의 눈을 즐겁게 하듯, 순수하고 단순한 감각 작용의 즐거움으로 귀를 기분 좋게 만들어주는 것에 불과하며, 아가씨께서 그 음악의 대목에 당연히 요구하실 수 있고 모방의 진실에 화성의 매력이 결부되었을 때 얻을 수 있는 완전함을 갖기란 어림없는 일임을 고려해 주시기를 부탁드립니다. 아가씨, 별을 화폭에 옮길 때 광채를 전혀 잃지 않아야 그 별이 저 하늘에서보다 화폭에서 더 아름다우리라는 점을 인정하시기 바랍니다. 그때 모방에서 생기는 사려 깊은 즐거움은 그 대상을 감각할 때 생기는 직접적이고 자연스러운 즐거움과 결합하게 되는 것입니다. 저는 아가씨께서 똑같은 달빛이라도 베르네*가 그린 야경 연작의 한 점에서 받은 만큼의 감동을 자연에서 받은 적이 없다고 확신합니다.

음악에서 감각의 즐거움은 귀뿐만 아니라 신경의

---

* Claude Joseph Vernet(1714~89). 풍경화, 특히 해양 관련 그림을 잘 그렸던 프랑스 화가.

체계 전체가 특별히 어떻게 배치되었느냐에 따라 좌우됩니다. 낭랑하게 울리는 머리가 있다면, 배음(harmonics)* 이라고 부르고 싶은 물체도 있습니다. 화성이 일으키는 강렬한 움직임을 경험하는 것만큼이나 모든 신경섬유가 신속하고 강렬하게 진동하는 사람들은 움직임이 더 강렬할 수 있음을 느끼고, 그들을 즐거움에 겨워 죽을 지경에 이르게까지 할 수 있는 일종의 음악에 대한 관념을 갖기에 이르기도 합니다. 그때 그 사람들에게는 존재가 진동이 지나치게 강할 때 끊어질 수도 있는 팽팽하게 당겨진 섬유 한 가닥에 붙어 있기라도 하는 것처럼 보입니다. 아가씨, 화성에 대단히 민감한 이 사람들이 음악의 표현을 가장 잘 판단할 수 있는 사람이라고 절대 믿지 마세요. 그들은 느끼고 비교하는 일이 서로 전혀 해가 되지 않는 그런 달콤한 감동과는 거의 항상 별개의 세계에 사는 사람들입니다. 그들은 어떤 불행한 사람의 이야기를 눈물 없이는 들을 수 없는 연약한 마음을 가진 사람들을 닮았습니다. 그들에게 형편없는 비극이란 없는 셈이지요.

더욱이 음악은 회화와 시보다 더 우리 내부에서 알맞게 배치된 신체 기관들을 필요로 합니다. 음악의 상형문자는 너무 가볍고 너무 금세 지나가 버립니다. 그 상형문자는 놓치기 쉽고 잘못 해석하기도 쉬우니, 기악으로 연주되는 정말 아름다운 대목이라도, 순수하고 단순한 감

*「옮긴이의 글」참조.

128

각 작용에서 갑작스레 일어나 반드시 느껴지는 즐거움이 종종 모호한 표현이 주는 즐거움을 훨씬 압도하지 않는다면 대단한 효과를 내지 못할 수도 있습니다. 회화는 대상 자체를 보여주고, 시는 그 대상을 묘사하지만, 음악은 그 대상의 한 가지 관념을 가까스로 불러내기도 어렵습니다. 음악의 원천이라고는 음정과 음의 길이밖에는 없습니다. [악보를 적기 위해 사용하는] 이런 종류의 연필과, 봄, 암흑, 고독과 같은 대부분의 대상 사이에 어떤 유추 관계가 있겠습니까? 그러니 자연을 모방하는 세 가지 예술 중 음악 예술이 표현에 자의성이 가장 심하고 정확성이 가장 떨어지는데도 우리 마음에 가장 강력한 말을 하는 일이 어떻게 생기는 것일까요? 대상을 덜 보여주기에 우리가 더 상상력을 발휘할 수 있게끔 하기 때문일까요? 혹은 감동을 받으려면 동요(動搖)가 필요하므로, 음악은 우리 내부에서 이 격렬한 효과를 만드는 데 회화와 시보다 더 적합한 것이기 때문일까요?

우리의 교육이 그리스 사람들의 교육을 더 닮았다면, 이 현상을 보아도 저는 훨씬 덜 놀랄 것입니다. 아테네에서 젊은이들은 대개 10년에서 12년 동안 음악을 공부했습니다. 음악가의 청중도 음악가였고, 비평가도 음악가였으니까 숭고한 한 대목을 들으면 모인 사람들 전부 자연히 광란에 빠져들었던 것이 틀림없습니다. 그리스 작품을 프랑스 연주회에 올려 연주하도록 했던 사람들이 사로잡혔던 광란도 이와 같습니다. 하지만 무릇 열광(enthousiasme)은 본성상 서로 교환되고, 열광에 사로잡힌 사람들의 수에 따라 증가되는 것입니다. 그때 사람들은 각자를 흥분케 했던 정념의 생생하고 에너지로 충만한 이미지를 통해 서로 상호작용을 합니다. 이로부터 프랑스 공공 축제에서 볼 수 있는 저 엄청난 환희가, 민중 봉기에서 나타나는 분노가, 고대 음악의 놀라운 효과들이 생깁니다. 프랑스 극장 1층 입석 자리가 아테네 젊은이들만큼 민감하고 음악을 잘 아는 사람들로 가득 찼기만 했다면 라모의 「조로아스터」 4막을 들을 때 우리는 그 놀라운 효과를 되살릴 수 있었겠죠.

이제 아가씨의 좋은 지적에 감사드릴 일만 남았습니다. 다른 지적 사항이 생기면 부디 은총을 베풀어 제게 전해주시기를 부탁드립니다. 하지만 아가씨 일을 중단하면서 그러지는 말아주세요. 아가씨께서 크세노폰의 『향연(Symposium)』을 프랑스어로 번역하고 계시며 이 저작과 플라톤의 저작을 비교할 계획을 세우셨다는 점을 들어 알고 있습니다.* 아가씨께 그 작업을 끝내실 것을 권합니다. 아가씨, 용기를 내서 여성 학자가 되세요. 고대어의 취향을 불러일으키려면, 적어도 이 문학의 장르 역시 여성이 두각을 나타낼 수 있는 분야 중 하나임을 증명하려

---

* 디드로의 이 편지는 드 라 쇼 양(Mademoiselle de la Chaux)에게 보낸 것으로 보인다. 그녀는 디드로의 단편소설 「이것은 콩트가 아니다」의 주인공으로 등장한다. 애인을 위해 혼자 그리스어와 라틴어, 영어를 공부해서 크세노폰과 데이비드 흄의 저작을 프랑스어로 번역했는데, 그 번역은 현재 남아 있지 않다.

면 아가씨와 같은 모범이 필요합니다. 더욱이 아가씨가 기이한 동기 때문에 지금 공부를 하고 계시지만, 그 후에 아가씨에게 위로가 될 수 있는 것은 오직 아가씨께서 얻게 되실 지식뿐이지 않겠습니까. 행복하신 분! 아가씨께서는 위대한 예술을, 거의 모든 여성들이 모르는 예술을, 결코 기대에 미치지 않는 법이 없고, 아가씨께서 해내실 수 있는 이상을 해야 하는 예술을 발견하셨습니다! 여성은 이런 진리를 이해하는 데 익숙지 않습니다만, 아가씨께서 저처럼 생각하시니, 아가씨께 그 진리를 감히 말씀드리는 것입니다. 아가씨, 깊은 존경을 담아 보냅니다.

아가씨의 공손하고 순종적인 ○○○으로부터

『농아에 대한 편지』에 관련한『트레부』지 편집자 발췌문
(4월, 기사 42, 841쪽)에 대한 검토

『트레부』지 842쪽에 다음의 대목이 있다. "확실히 일반 독자로서는 저자의 학설이 지나칠 정도로 뚜렷하지 않아 보일 것이다. 이 편지를 읽은 뒤 독자 대부분은 머릿속에 남은 것이 하나도 없다고, 추상적이기만 한 고찰을 끝까지 읽고 난 뒤에도 규명된 것이나 지식으로 남은 것이 하나도 없다고 말할 것이다."

　　검토. 나는 일반 독자를 위해 글을 쓰지 않았다.『하나의 원칙으로 환원된 예술』의 저자와『트레부』지 편집자, 그리고 문학과 철학 연구에서 이미 상당한 진보를 이룬 사람들이 이해할 수 있는 정도면 되었다. 이미 나는 "내 편지의 제목은 모호하다. 귀가 들리지 않지만 말을 하는 대부분의 사람들이나, 말은 못하지만 귀는 들리는 적은 수의 사람들이나, 말도 하고 귀도 들리는 훨씬 더 적은 수의 사람들이나 누구에게라도 적용되지만, 물론 마지막 세 번째 사람들 보라고 이 편지를 쓴 것이기는 하다"고 말한 바 있다. 전문가들이 어떻게 판단할 것이냐의 문제에 대해서는 어떤 재사(才士)가 내 편지를 읽고 "추상적이기만 한 고찰을 끝까지 읽고 난 뒤에도 규명된 것이나 지식으로 남은 것이 하나도 없"는지 자문한다고 해도, 틀림없

133

이 다음과 같은 것을 알 수 있었다*고 답변하리라는 점을 덧붙일 수 있을 것이다.

1. 웅변 언어는 어떻게 형성될 수 있었는가.

2. 프랑스어를 동물 언어와 비교한다면 프랑스어에는 도치가 굉장히 많다는 점.

3. 웅변 언어가 어떻게 형성되었는지 올바로 이해하려면 몸짓언어를 연구해보는 것이 적합하리라는 점.

4. 몸짓언어를 이해하는 데는 약속으로 정한 농아에 대해 경험을 쌓거나 선천적 농아와 여러 차례 대화를 해야 한다는 점.

5. 약속으로 정한 농아를 생각해보면 자연스럽게 감각의 숫자만큼 다섯으로 뚜렷이 분리된 존재로 나뉜 사람을 검토하게 되고, 감각 모두 공유하는 관념이 무엇이고, 각각의 감각에 특별한 관념이 무엇인지 탐구하게 된다는 점.

6. 배우가 높낮이를 잘 조정해서 대사를 하는지 판단하려면 눈으로 보지 말고 귀로 들어야 하며, 배우가 몸짓을 잘하는지 판단하려면 귀로 듣지 말고 눈으로 봐야 한다는 점.

7. 무대에서 말에 엄청난 효과를 줄 수 있는 숭고한 몸짓**이 있다는 점.

8. 선천적 농아의 몸짓에 지배적인 순서는 몸짓이

---

* 여기서 나는 내 뜻과는 상관없이 내 편지의 말미에 했던 말을 반복한다.—원주
** 앞에서 디드로는 "숭고의 국면(sublime de situation)"이라는 표현을 썼지만 여기서는 "숭고한 몸짓(sublime de geste)"으로 바꿨다.

웅변 기호로 대체될 수 있었을 시대의 순서를 대단히 충실히 그려내는 역사가 된다는 점.

9. 선천적 농아에게 어떤 관념들을 전할 때 겪는 어려움은 최초로 고안된 웅변 기호들과 마지막으로 고안된 웅변 기호들의 특징을 잘 보여준다는 점.

10. 시제에서 확정되지 않은 부분을 지시하는 기호들은 마지막으로 고안된 기호라는 점.

11. 이것이 어떤 언어에는 일부 시제가 없고, 다른 언어에서는 동일 시제를 이중으로 사용하게 되는 원인이라는 점.

12. 시제에 나타나는 불규칙성을 통해 모든 언어를 탄생의 상태, 형성의 상태, 완성의 상태의 서로 다른 세 상태로 구분할 수 있다는 점.

13. 형성이 끝난 언어의 상태에 있는 정신은 통사법에 종속되어 버렸기 때문에 그리스어와 라틴어 도미문에서 지배적인 순서를 개념화할 수 없다는 점. 이로부터 추론할 수 있는 것은 형성이 끝난 언어에서 용어들을 어떻게 배열하더라도 작가의 정신은 프랑스 통사법을 따르며, 이 통사법이 가장 단순한 것이므로 프랑스어는 이런 점에서 그리스어와 라틴어에 비해 장점을 가진다는 점.

14. 모든 언어에서 관사가 도입되고, 여러 지각을 동시에 갖지 않고서는 길게 말할 수 없게 된 것으로, 그리스와 라틴어를 사용하는 작가의 정신이 진행하는 방식과 프랑스어를 사용하는 작가의 정신이 진행하는 방식이 크게

다르지 않다는 점을 결국 확인할 수 있다는 점.

15. 웅변의 조화는 형성이 끝난 언어의 상태에서 완성된 언어의 상태로 이행하는 과정에서 생긴다는 점.

16. 단어들 사이의 웅변의 조화와 도미문에서의 웅변의 조화를 고려해야 하고, 시적 상형문자는 이 두 가지 조화가 화합하는 과정에서 생긴다는 점.

17. 상형문자가 있으므로 훌륭한 시인을 제대로 이해하기 어렵고, 제대로 번역하기란 불가능에 가깝다는 점.

18. 무엇이 됐든 모방의 예술은 각자 상형문자를 갖고, 음악, 회화, 시의 상형문자를 비교해봤을 때 이 사실이 증명되었다는 점.

재사라면 "추상적이기만 한 고찰의 귀결이 이상과 같으며, 그 고찰이 끝나고 난 뒤 남은 것이 이상과 같다"고 답할 수 있을 것이다. 이는 대단한 것이다.

『트레부』지의 같은 쪽에 다음의 대목이 있다. "그런데 그 고찰이 역설적인 데가 없고, 자의적인 의견이 아니고, 제대로 된 비판이었다고 어느 누가 답할 수 있을까."

고찰. 『트레부』지도 포함해서, "그런데 그 고찰이 역설적인 데가 없고, 자의적인 의견이 아니고, 제대로 된 비판이었다고 어느 누가 답할 수 있을까"라고 말할 수 있을 책이 어디에 있겠는가?

『트레부』지의 다음 쪽에 다음과 같은 대목이 있다. "어떤 저작에서 아주 쉽게 이해할 수 있는 표현들을 찾아내는 것으로 만족하고, 이미지, 묘사, 기가 막히게 적용된 부분, 한마디로 상상력과 감정을 불러일으키게끔 해주는 원인들을 촉발케 하는 것이라면 무엇이나 좋아하는 사람들은 그렇게 추론하거나 적어도 그런 의심을 품을 것이다."

고찰. 읽지도 않고 배우려고 하거나 노력도 않고 배우려고 하는 이들이야말로 『농아에 대한 편지』의 저자가 독자로도, 판단자로도 전혀 관심 밖에 두었던 사람들이다. [『농아에 대한 편지』의] 저자는 그런 사람들은 로크, 벨, 플라톤은 물론, 추론과 형이상학에 관한 저작 일반을 읽지 말라고 권유하기까지 하며, 자기가 선택한 주제와 안성맞춤인 어조를 선택할 줄 아는 저자는 자기 임무를 다한 것이라고 생각한다. 사실 말이지 양식 있는 독자로서 로크의 『인간 지성론』에서 말을 그릇되게 사용하는 일에 대한 장*이나 바퇴의 『도치에 대한 편지』에서 "이미지, 묘사, 기가 막히게 적용된 부분, 상상력과 감정을 불러일으키게끔 해주는 원인들을 촉발케 하는 것"을 찾아볼 생각을 하는 사람이 있기나 한가?

그래서 『트레부』지의 같은 쪽에는 다음과 같은 대목이 나온다. "철학자들은 그렇게 생각하면 안 된다. 철학자들은 용기 있게 도치의 주제를 다뤄야 한다. 프랑스어에 도치가 있는가, 없는가? 도치를 문법의 문제로 생각하지 말도록 하자. 도치의 문제는 형이상학의 가장 미묘한 문제, 관념의 탄생 자체에까지 이른다."

---

* 로크의 『인간 지성론』 3부 10장을 가리킨다.

고찰. 사정이 달랐다면 정말 놀랄 만한 일일 것이다. 언어를 이루는 단어는 관념의 기호일 뿐이다. 관념의 탄생에까지 거슬러 올라가보지도 않으면서 단어가 어떻게 만들어졌는지에 대해 철학적인 어떤 것을 말하는 방식이라니? 하지만 단어의 제정과 관념의 탄생 사이의 거리는 크지 않다. 관념의 탄생과 관념을 재현하도록 된 기호의 고안보다, 단어와 관념이라는 두 사변의 대상이 더 이웃해 있고, 더 즉각적이고, 더 밀접하게 이어져 있음을 알기란 어려운 일이리라. 그러므로 도치의 문제와 대부분의 문법의 문제들은 더없이 미묘한 형이상학의 소관이다. 그래서 나는 뒤 마르세 씨에게 도움을 받았다. 그분은 프랑스에서 가장 훌륭한 형이상학자 중 한 분임과 동시에 프랑스에서 제일가는 문법가로, 문법에 형이상학을 적용하는 데 뛰어나신 분이다.

『트레부』지 847쪽에 다음 대목이 있다. "저자는 관념을 어떤 순서로 자연스럽게 배치하는 것인지 검토한다. 프랑스어가 굳이 이 순서를 따르지 않으니까, 저자는 이런 의미에서 프랑스어는 도치를 사용한다고 판단한다. 저자는 이를 몸짓언어를 통해 증명하고 있다. 이 부분은 여담이 끼어들면서 다소 중단되었다. 우리가 추가할 수 있는 점은 많은 독자들이 이 대목을 마지막까지 읽었을 때 자신이 연관 관계를 모두 파악했는지, 농아들이 프랑스어에 도치가 있다는 사실을 어떤 부분에서 어떻게 확증해준다는 것인지에 대해 자신이 제대로 이해했는지 의아해한

다는 것이다. 그렇기는 해도 아주 즐겁게 읽을 수 있기는
하다, 운운." 다음에 저자와 카스텔 신부에 대한 찬사 같
은 것이 나온다.

고찰. 반복하지만, 내가 원치 않고, 앞으로도 원하는
일이 없을 독자들이 있다. 내가 글을 쓰는 것은 같이 기쁘
게 이야기 나눌 수 있을 사람들을 위해서뿐이다. 나는 내
저작을 철학자들을 위해 쓴 것이다. 세상의 다른 사람들
은 나에게 없는 것이나 다름없다. 자기 눈앞에 보이는 대
상이나 찾는 독자들에게 이야기하는 일은 이번이 처음이
자 마지막이라는 점임을 분명히 한다.

몸짓언어가 어떻게 도치의 문제와 연결되는지, 농아
들이 프랑스어에 도치가 있다는 사실을 어떻게 확증해준
다는 것인지 물으셨다. 이에 대한 내 답변은 선천적인 농
아든 약속으로 정한 농아든 몸짓을 순서에 따라 배치하
는 것으로 동물의 언어에서 관념들이 배치되는 순서를 가
리키고, 몸짓이 연속적으로 웅변 기호로 대체된 때가 언
제인지 밝혀주고, 그렇게 되면 기호들 중 가장 먼저 고안
된 것이 무엇이고 가장 나중에 고안된 것이 무엇인지 전
혀 의심의 여지가 없어지며, 그렇게 하여 우리는 단어들
과 고대의 문장이 최초에 어떤 순서로 배치되었는지에 대
해 바랄 수 있는 가장 정확한 개념을 얻게 된다는 것이다.
프랑스어에 도치가 있는지 없는지 알려면 고대의 문장과
프랑스어로 된 문장을 반드시 비교해야 한다. 도치된 순
서가 무엇인지 말하기 전에 자연적 순서가 무엇인지 아는

것이 필요하기 때문이다.

『트레부』지의 다음 쪽에 다음의 대목이 나온다. "본 편지를 올바로 이해하려면 인위적 순서, 학문적 순서, 교육적 순서, 구문의 순서가 모두 동의어라는 점을 기억해야 한다."

고찰. 위의 표현을 전부 동의어로 생각한다면 본 편지를 전혀 이해하지 못한 것이다. '교육적 순서'는 다른 셋 중의 어떤 것과도 동의어가 아니다. '구문의 순서, 인위적 순서, 학문적 순서'는 모든 언어에 적합하지만, '교육적 순서'는 프랑스어 및 프랑스어처럼 진행 방식이 일정한 언어에만 적합하다. '교육적 순서'는 단지 '구문의 순서'의 일종이다. 그래서 '프랑스어의 구문의 순서는 교육적이다'라고 하면 제대로 말하는 것이 될 것이다. 쓸데없는 것을 부각한다면 아주 정확한 비평을 할 수 없게 된다.

『트레부』지 851쪽에 다음의 대목이 나온다. "저자가 프랑스어를 그리스어, 라틴어, 이탈리아어, 영어와 비교하는 대목에서, 사교계에서나 철학을 가르치는 학교에서는 프랑스어를 말해야 하고, 연단과 극장에서는 그리스어, 라틴어, 영어를 말해야 한다고 하는 부분은 인정받지 못할 것이다." 『트레부』지 편집자는 "저 존엄한 장소인 연단에서만큼은 이성의 권리, 지혜의 권리, 종교의 권리, 한마디로 말해 진리의 권리를 가장 잘 설명할 수 있을 언어를 마련해야 한다"는 점에 주목한다.

고찰. 확실히 열정이라곤 없는 저 수다쟁이들, 신의

말을 세네카나 플리니우스*의 어조로 말하는 하찮은 수사학자들은 내 의견에 반대할 것이다. 하지만 연단에서 이루어지는 진정한 웅변은 마음을 감동시키고, 회한과 눈물을 쏟게 만들고, 죄악에 빠진 자로 하여금 불안케 하고, 기를 꺾어버리고, 아연실색하게 만드는 것이라고 생각하는 사람들이라면 내 의견에 찬성할 것이다. 분명 '이성의 권리, 지혜의 권리, 종교의 권리, 진리의 권리'는 설교자라면 갖추어야 할 위대한 대상이다. 그러나 설교자가 이를 냉정히 분석하여 제시하고, 대구(對句)를 자유자재로 사용하고, 수많은 동의어를 사용하면서 당황스럽게 만들고, 기교를 부린 용어, 미묘한 표현들, 석연찮은 사유, 그럴듯한 학구적인 분위기를 써서 모호하게 만들어야 할까? 그렇다면 나는 그러한 웅변을 기꺼이 '신성모독'으로 취급할 것이다. 그래서 그런 웅변은 부르달루, 보쉬에, 마스카롱, 라 뤼, 마시용** 및 느리기 짝이 없고 구속이 많은 교육적 언어의 한계를 극복하기 위해 숭고한 사유, 이미지의 힘, 비장한 표현을 사용하면서 모든 노력을 경주했던 다른 수많은 설교자들의 웅변이 아닌 것이다. 프랑스어는 신학

---

* 여기서 세네카는 극작가이자 철학자인 세네카가 아니라 수사학자였던 그의 아버지 마르쿠스 아나에우스 세네카(Marcus Annaeus Seneca, B. C. 54~A. D. 38)를, 플리니우스는 『자연사』의 저자인 대(大) 플리니우스(Gaius Plinius Secundus, 23~79)를 가리키는 것으로 보인다.
** 부르달루(Louis Bourdaloue, 1632~1704), 보쉬에(Jacques-Benigne Bossuet, 1627~1704), 마스카롱(Jules de Mascaron, 1634~1703), 라 뤼(Charles de La Rue, 1643~1725), 마시용(Jean-Baptiste Massillon, 1663~1742)은 모두 17세기의 유명한 설교자들이다.

논고, 교리문답, 전원의 교육에 곧잘 적합하게 될 것이다. 그러나 웅변적인 연설은 전혀 다른 것이다.

더욱이, 나는 위에서 우리보다 이 문제에 대해 더 잘 알고 있는 사람들의 의견을 따르고 있으며, 한 언어는 본성상 단조롭고 느릿느릿하고, 다른 언어는 다양하고, 표현력이 풍부하고, 열정적이고, 이미지와 도치가 풍부할 때, 이 두 언어 중 어떤 언어가 의무의 목소리에 복종하지 않는 사람들의 마음을 움직이고, 자기가 저지른 죄의 결과를 두려워 않는 무정한 죄인들을 두렵게 만들고, 숭고한 진리를 알리고, 영웅적인 행동을 그려내고, 악은 가증스럽게 덕은 매력적으로 표현하고, 설교단에서는 신자들이 몰랐던 것을 배우는 것보다 알고 있던 것을 실천하도록 결심하는 일이 더 중요하므로 종교의 중요한 모든 주제들을 충격과 교훈을 주지만 특히 충격을 주는 방식으로 다루는 데 적합한 것인지 그들더러 한번 정해보라고 하는 것이다.

852쪽에 나오는 두 가지 비판*에 대해서는 고찰하지 않겠다. 우리는 편집자가 이 점에 대해 한 말에 덧붙일 것이 거의 없으니, 이제 서둘러 편집자의 발췌문에서 중요한 부분으로 가보는 편이 낫겠다. 편집자는 이 부분에 특

---

* 첫 번째 비판은 디드로가 말한 언어의 초기 상태에 대한 것으로 『트레부』지 편집자는 이를 "형이상학적인 가설로 함정에 빠지게 될 것"이라고 일축했다. 두 번째 비판은 디드로가 에픽테토스의 『담화록』에서 뽑은 구절로, 철학자라는 직업에 대해 생각했던 부분에서 이를 제논의 것이라고 착각했던 점이다.

별히 주의를 기울였음을 알려주었다. 아래에 한 마디도 빼놓지 않고 옮겨놓았다.

『트레부』지 854쪽에 다음의 대목이 나온다. "『일리 아스』 XVII권의 저 아름다운 세 행을 모르는 사람은 없 다. 그리스 군이 암흑에 휩싸이자 아이아스가 제우스에게 항의하는 장면이다.

> Ζεῦ πάνερ, ἀλλὰ σὺ ῥῦσαι ὑπ' ἠέρος νῖας Ἀχαιῶν,
> ποίησον δ' αἴθρην, δὸς δ' ὀφθαλμοῖσιν ἰδέσθαι
> ἐν δὲ φάει καὶ ὄλεσσον, ἐπεί νύτοι εὔαδεν οὕτως.

부알로는 이를 다음과 같이 번역했다.

> 위대한 신이여, 우리 눈 가리는 저 어둠을 거둬주소서
> 하늘의 광명 비추어 우리와 맞서 싸우소서.

라 모트 씨는 이렇게 옮기는 것으로 그친다.

> 위대한 신이여, 빛을 내려 우리와 맞서 싸우소서!

그런데 앞선 편지의 저자는 롱기누스도, 부알로도, 라 모 트도 호메로스의 텍스트를 이해하지 못했으므로, 이 시구 는 아래와 같이 번역해야 한다고 말한다.

신과 인간의 아버지시여, 우리 눈 가리는 저 어둠을
거둬주소서. 우리를 죽일 결심을 하셨으니 하늘의
광명 비치는 곳에서 우리를 죽이소서.

그는 이 부분에는 제우스에 대한 도전이 전혀 없고, 그것
이 신의 뜻이라면, 죽을 준비가 되었고, 신에게 싸우다 죽
도록 해달라는 은총만을 내려달라는 영웅밖에는 볼 수 없
다고 말한다.

저자는 점차 자기 생각을 굳히고 있는데, 이 대목을
대단히 관심 있게 봤던 것 같다. 이 점에 대해서 다음의
고찰을 해봐야 하리라 생각한다.

1. 여기 수록된 좀 전의 번역은 문자 그대로 정확하
며, 호메로스가 제시한 의미에 부합한다.

2. 저 위대한 시인의 텍스트에서 제우스에 맞선 아
이아스의 도전이 전혀 보이지 않는다는 것은 사실이다.
유스타테*는 전혀 다르게 보았다. 이 주석가는 '하늘의 광
명 비치는 곳에서 우리를 죽이소서'가 '내가 죽어야 한다
면 적어도 덜 잔인하게 죽으련다'를 말하기 위한 격언을
창시했던 것만을 보았다.

3. 롱기누스를 프랑스의 두 시인 부알로 및 라 모트

---

* 12세기 비잔틴의 저술가이자 테살로니키의 주교로, 호메로스의 두 서사시에
대한 주석서를 편찬했다. 언급된 대목은 그의 『호메로스의 일리아스에 대한
주석(Commentarii ad Homeri Iliadem)』(바이겔[Weigel], 1830) IV권 40쪽에 나와
있다.

와 구분해야 한다. 롱기누스를 롱기누스 자체로, 그리고 그의 텍스트 자체로 고려했을 때, 롱기누스는 호메로스가 제시한 의미를 올바로 이해한 것으로 보인다. 사실 호메로스와 동일한 언어를 말했고, 전 생애를 통해 호메로스를 읽었던 학자가 이해했던 것보다 우리가 호메로스를 더 잘 이해했노라고 믿었던 것은 참으로 놀라운 일이리라.

수사학자 롱기누스는 호메로스의 시를 언급하며 다음과 같이 덧붙였다. '이것이야말로 진정으로 아이아스에게 합당한 감정이다. 아이아스는 살려달라고 하지 않는다. 그랬다면 그것은 영웅으로서는 참으로 비굴한 요청이었으리라. 그러나 아이아스가 짙은 어둠에 휩싸여 제 진가를 전혀 발휘할 수 없으니 싸우지 못하는 데 화가 치밀어 오른다. 그는 빛을 신속히 돌려줄 것을 요청하여, 제우스와 정면으로 맞대결하게 될지라도 자신의 위대한 마음에 부합하는 방식으로 죽고자 하는 것이다.'

이 대목을 문자 그대로 번역하면 위와 같다. 우리는 여기서 롱기누스가 호메로스의 생각과 시구를 도전의 의미로 해석했다고 전혀 생각하지 않는다. '제우스와 정면으로 맞대결하게 될지라도'는 시인이 제우스를 방패로 무장하고 번갯불을 쏘고 이다(Ida) 산을 뒤흔들면서 그리스 군을 공포에 빠뜨리는 것으로 그려내는 『일리아스』 속 동일한 장면의 내용과 이어진다. 이 파국의 상황에서 아이아스는 신들의 아버지 제우스가 트로이 군의 화살을 움직인다고 생각하게 된다. 그래서 우리는 암흑에 휩싸인 영웅 아이아스가 신과 대결하는 데 이르는 것이 아니라, 자신의 위대한 마음에 부합하는 결말에 이르기 위해 빛을 내려, 사위(四圍)를 볼 수 있게 해달라고 요청할 수 있으리라 이해하게 된다. 설령 아이아스가 제우스가 쏟아내는 화살에 맞아 최후를 맞게 될지라도, 즉 '제우스와 정면으로 맞대결하게 될지라도' 말이다. 이 생각들은 서로 이어지는 부분이 없다. 아이아스 같은 용맹한 전사는, 분노한 나머지 그리스 군 전부를 죽음에 몰아넣고자 결심한 제우스의 공격을 받아 죽기 전에, 한순간이라도 영예로운 행동을 하리라 바랄 수 있었다.

4. 부알로는 '제우스와 싸워야 했을 때'라고 말할 때 호메로스의 텍스트를 지나치게 의미를 확장해 파악하고 있다. 이 때문에 도전의 분위기가 풍기게 되는데, 롱기누스는 이를 전혀 제시하지 않았다. 그러나 호메로스 시행 절반을 번역한 곳에서 이러한 지나치게 확장된 의미가 두드러져 보이지 않는 것 같다. 그가 번역한 반구(半句) '우리와 맞서 싸우소서'에는 형식상 도전의 분위기가 제시되지 않았다. 이 도전에 대한 생각이 '당신이 뜻한 대로 우리를 죽이소서'에서 더 잘 표현될 수 있기는 했다. 아마 부알로보다 훨씬 못한 라 모트의 번역 시에 대해서는 다른 말을 추가할 필요가 없을 것이다.

이 점 전체로부터 프랑스의 두 시인은 전적으로든 부분적으로든 우리의 저자의 비난을 받아 마땅할지라도, 적어도 롱기누스는 그렇지 않으며, 이 점을 확신하려면

146

롱기누스의 텍스트를 읽어보는 것으로 충분하다는 결론을 내릴 수 있다."

이상이 편집자가 롱기누스에 대해 쓴 대목을 하나도 빼놓지 않고 옮겨놓은 것이다. 힘이 넘치는 추론이며, 추론이 전개된 우아하고 정확한 방식도 그대로 실었다.

고찰. 편집자는 라 모트와 부알로는 버려두고 오직 롱기누스만을 위해 싸운다. 편집자가 자신에게 유리하도록 맞세우는 반박은 다음 문장으로 요약된다.

1. 호메로스와 동일한 언어를 말했고, 전 생애를 통해 호메로스를 읽었던 롱기누스가 우리보다 호메로스를 더 잘 이해했음이 틀림없다.

2. 부알로의 번역에는 도전의 분위기가 있지만 롱기누스는 이를 전혀 제시하지 않는다. '제우스와 정면으로 맞대결하게 될지라도'와 '제우스와 싸워야 했을 때'는 결코 같은 뜻의 표현이라고 할 수 없다.

3. 두 표현 중 첫 번째 '제우스와 정면으로 맞대결하게 될지라도'는 호메로스가 아이아스가 처하게 했던 상황과 관련된 것이다.

나는 첫 번째 반박에 대해 롱기누스가 호메로스를 우리보다 훨씬 더 잘 이해할 수 있었지만, 『일리아스』의 한 대목에서는 잘못 생각했다고 답변한다.

나는 두 번째 반박에 대해 '제우스와 싸우지 않으면 안 되었을 때'라는 표현과, 번역을 더 정확하고 더 문자 그대로 표현하기 위해 편집자가 이를 '제우스와 정면

147

으로 맞대결하게 될지라도'라고 대체한 표현이 나로서는 의미가 같은 것으로 보인다고 답변한다. 그래서 나는 그 두 표현이 의미가 같지 않다는 점이 밝혀질 때까지 의미가 같은 다른 표현이 많이 있다고 보는 것이다. 우리는 '이렇게 행동하면서 그는 나와 정면으로 맞대결했다'가 '나는 싸우지 않으면 안 되었다'를 의미하거나 전혀 의미하지 않는다고 계속해서 생각할 것이다. 두 번째 것은 첫 번째 것보다 덜 강해 보이기까지 한다. 두 번째 문장이 제시하는 것은 아마라는 것뿐이며, 첫 번째 문장은 어떤 사실을 알려준다. 뜻이 같은 두 문장을 얻으려면 부알로의 번역문에서 '않으면 안 되었다'를 제거해야 할 것이다. 그러면 '제우스와 싸워야 했을지라도'가 되며, 이는 정확히 '제우스와 정면으로 맞대결했을지라도'가 될 것이다. 그러나 동사 '않으면 안 되었을'을 쓰게 되면, 영웅을 동정하고 말의 분위기를 누그러뜨리는 가혹한 필연성에 대한 생각도 사라질 수 있으리라.

하지만 제우스와 아이아스의 관계는 기독교 신과 기독교 병사와의 관계가 아니다. 그러므로 우리 시인 중 한 명이 아이아스와 동일한 상황에 한 병사를 집어넣고 신에게 "그러니 즉시 제게 빛을 돌려주시어 당신과 내가 정면으로 맞대결했을지라도 내게 마땅한 종말을 구하고자 합니다"처럼 말하게끔 한다고 해보자. 편집자는 여기 쓰인 돈호법에서 불경함도 도전도 찾을 수 없으리라고 내게 말해야 할 것이다.

혹은 편집자에게 앞의 모든 이야기를 무시하고 다음에 나오는 이야기에만 집중해줄 것을 부탁한다.

나는 세 번째 반박으로 넘어가서 편집자에게 롱기누스의 담화 전체에서 호메로스가 주인공을 배치했던 정황에 부합하는 말이 전혀 없고, 이 수사학자의 장황한 설명에 모순이 있음을 증명할 것이다.

나는 내 생각에 확신을 갖고 있으므로 이 문학 토론의 결정권도 편집자에게 넘기기로 한다. 하지만 편집자는 내가 틀렸노라고 말할 것인지 결정해야 한다. 그것이 내가 그에게 요구하는 전부이다.

나는 편집자의 번역을 수용하는 것으로 시작해볼 것이다. 그다음에 롱기누스의 아이아스에 대한 생각이 호메로스의 아이아스에 대한 생각이라면, 호메로스의 아이아스의 입으로 롱기누스의 아이아스가 하는 말을 옮겨볼 것이다. 수사학자 롱기누스의 장황한 설명이 올바르다면 그것은 호메로스의 영웅의 마음이 보다 더 활짝 전개된 것에 불과할 것이기 때문이다. 그러므로 편집자의 번역을 따라 아이아스가 롱기누스의 입을 통해 제우스에게 "위대한 신이시여, 저는 당신께 삶을 구하고자 하지 않습니다. 그런 기도는 아이아스에게 당치 않습니다. 그런데 어떻게 저항할 수 있을까요? 우리를 둘러싼 암흑 속에서 제 가치를 어찌 발휘할 수 있을까요? 그러니 신속히 빛을 돌려주소서. 당신과 내가 정면으로 맞대결하게 될지라도 내게 합당한 종말을 구하고자 합니다."

1. 이 말을 특징짓는 감정은 어떤 것일까? 분노, 금지, 진가, 전투에 대한 갈망, 보잘것없이 죽지 않을까 하는 걱정, 삶에 대한 무관심이다. 이를 낭송할 사람은 어떤 어조를 취하게 될까? 단호하고 강렬할 것이다. 몸은 어떤 자세를 취하게 될까? 고상하고 도도할 것이다. 얼굴 표정은 어떨까? 분노해 있다. 머리는 어떻게 할까? 하늘을 향하고 있다. 눈은 어떨까? 메말라 있다. 시선은 어떤가? 단호하다. 프랑스 연극 무대에서 제일가는 배우들에게 시켜보겠다. 이 말을 하면서 눈물을 흘리거나 눈물로써 말을 끝맺어볼까 생각하는 배우가 있다면 무대 아래 관객, 계단 좌석 관객, 칸막이 좌석 관객 할 것 없이 박장대소를 할 것이다.

2. 이 말을 들으면 마음에 어떤 움직임이 생길까? 연민의 감정일까? 신을 향해 단호한 목소리로 부르짖으며 "그러니 신속히 빛을 돌려주소서. 당신과 내가 정면으로 맞대결하게 될지라도 내게 합당한 종말을 구하고자 합니다"와 같은 허세를 부리는 식의 몇 마디를 하고 나면 신의 마음이 누그러질까? 그랬다면 특히 여기 쓰인 신속히라는 말은 제대로 자리를 잡은 것이리라. [152~153쪽 그림 참조]

그러므로 롱기누스의 말을 아이아스의 입으로 하게 된다면 영웅은 눈물을 흘릴 수 없고, 신은 영웅을 동정할 수도 없게 된다. 이는 단지 호메로스의 비장한 세 행을 서투르게 과장한 것에 지나지 않는다. 다음 네 번째 시구에 그 증거가 있다.

> *ὡς φάτο τὸν δὲ πατὴρ ὀλοφύρατο δάκρυ χέοντα.*
> 이렇게 말하자 신과 인간의 아버지는 그가 눈물을
> 흘리는 것을 보고 마음이 아팠다.

그러니까 영웅은 눈물을 흘리고 신의 마음은 누그러진다. 이 두 정황을 롱기누스의 말은 그림에서 배제했던 것이다. 이 눈물을 격분해서 흘린 것이라고는 생각지 말자. 격분의 눈물은 롱기누스의 아이아스에게도 부합하지 않는다. 분노는 했지만 격앙한 것은 아니기 때문이다. 또 그런 눈물은 제우스의 연민과도 잘 어울리지 않는다.

다음을 주목하라. 1. 롱기누스의 말을 개연성을 잃지 않고 아이아스의 입으로 하게 하려면 그 말의 강도를 약화해야 했다. 2. "*ὡς φάτο ; τὸν δὲ πατὴρ ὀλοφύρατο*" 등으로 말이 빠르게 지나가니 아이아스의 말과 제우스의 연민에는 전혀 틈이 생기지 않는다.

그런데 롱기누스의 장황한 설명을 따라 아이아스를 그려본 뒤, 나는 호메로스의 시구 세 행에 따라 아이아스를 개략적으로 그려볼까 한다.

호메로스의 아이아스는 하늘을 향해 시선을 돌린다. 두 눈에 눈물이 흐르고, 두 팔은 애원하는 듯하고, 어조는 비장하고 감동적이다. 아이아스는 "신과 인간의 아버지여 (*Ζεῦ πάτερ*), 우리를 휩싼 어둠을 걷어주소서(*δὸς ἰδέσθαι*).

롱기누스의 아이아스

호메로스의 아이아스

우리를 죽이고자 함이 당신의 뜻이라면 빛이 보이는 곳에서 우리를 죽이소서(ἐπεί νύ τοι εὐάδεν οὕτως)"라고 말한다.

아이아스는 가장 단순하고 가장 숭고한 기도에서 우리가 신에게 호소하듯 제우스에게 호소한다. 그래서 호메로스는 신과 인간의 아버지는 그가 눈물을 흘리는 것을 보고 마음이 아팠다는 말을 덧붙이는 것이다. 이들 이미지 전부가 서로 이어지고 있다. 그림의 모든 부분에 더는 모순이 없는 것이다. 자세, 억양, 몸짓, 말과 그 효과, 이 모든 것이 어울린다.

하지만 이렇게들 말하리라. 아이아스처럼 거친 성격을 가진 영웅도 마음이 부드러워질 때가 있는가? 물론이다. 그런 순간이 있다. 그런 순간을 영웅에게 갖춰주는 숭고한 천재를 타고난 시인은 행복할지라! 여성의 고통보다 남성의 고통이 더 감동적이기 마련이다. 영웅의 고통에는 보통 사람의 고통과는 다른 비장함이 있는 것이다. 타소는 이러한 숭고의 원천을 모르지 않았다. 다음에 타소의 『해방된 예루살렘』중 한 대목을 옮긴다. 이 대목은 호메로스의 『일리아스』XVII권에 나오는 대목에 전혀 뒤지지 않는다.

시르카시아의 왕 아르간테*를 모르는 사람은 없다.

---

* 이슬람 군에 함락된 예루살렘을 되찾기 위해 기독교 국가들이 파견한 원정대의 활약을 찬미하는 이탈리아 시인 토르콰토 타소(Torquato Tasso, 1544~95)의 대작 『해방된 예루살렘(Gerusalemme liberata)』에 등장하는 왕이다. 기독교 원정대를 이끄는 인물 중 한 명이 탄크레디이며, 아르간테는 위 서사시의 마지막 부분에서 그의 손에 죽는다. 디드로가 여기 인용한 시구는 『해방된 예루살렘』19곡에서 뽑은 것으로 탄크레다가

타소의 아르간테가 호메로스의 아이아스를 모델로 삼고 있다는 점도 모두 아는 사실이다. 예루살렘이 함락되고, 약탈이 한창일 때 탄크레드는 아르간테가 수많은 적에 둘러싸여 누구의 것인지도 모를 손에 죽을 채비가 되었음을 발견한다. 탄크레드가 그를 도우러 달려간다. 이 거물 희생자의 운명이 그에게 달리기라도 했듯이, 탄크레드는 아르간테를 방패로 막아주고 예루살렘 성벽 아래로 데려간다. 그들은 걸어서 도착한다. 탄크레드는 무장을 한 채이고, 저 잔혹한 아르간테는 위험도 잊고 생명을 부지해야 한다는 것도 잊고 무기를 내려놓는다. 그리고 불길에 휩싸인 예루살렘으로 고통에 가득 찬 시선을 돌린다. 탄크레드는 아르간테에게 큰 소리로 "무슨 생각을 그리하느냐, 최후의 순간이 온 것이 아니냐! 너무 늦었다"고 말한다. 아르간테는 이에 "유대 도시들의 오랜 수도가 이제 끝장이 났소. 그 수도를 지키려 했지만 헛된 일이었소. 분명 하늘이 내게 가져온 당신 머리는 우리가 흘린 피에 비하면 초라한 복수일 것이오"와 같이 답한다.

아르간테를 모독하는 장면을 그렸다. 이 장면은 흔히 아이네이아스가 루툴리 족의 왕 투르누스와 운명의 결투를 하기 전에 적수에게 가했던 모독과 비교되곤 한다. "투르누스여, 한데 그대는 지금 왜 꾸물대며, 왜 벌써 뒷걸음질 치는가? 이것은 경주가 아니라, 무시무시한 무기로 일대일로 싸우는 것이다. 그대는 온갖 모습으로 둔갑하며 그대의 용기와 재주를 다 동원하도록 하라! 원한다면 그대는 날개를 타고 저 높은 별들로 솟아오르거나 땅속 구멍에 몸을 숨기도록 하라!" 베르길리우스, 『아이네이스』 XII권, 889~893행(천병희 옮김, 도서출판 숲, 2007, 번역 수정).

무슨 생각을 그리하느냐?
최후의 순간이 온 것이 아니냐!
그 생각으로 소심해진다 해도
죽음은 이제 너무 늦은 것.

[아르간트] 대답하기를, 이 도시를 생각하오
유대왕국의 저 오랜 수도를
헛되이 지키려 했소. 이제 패배해버린
저 도시를 운명의 폐허에서 막아보도록
이제 하늘이 내게 가져온 당신 머리는
내 복수에 대한 초라한 보상일 뿐.
그리고 침묵했다.

Or qual pensier t'hà preso?
pensi ch'è guinta l'ora a te prescritta!
s'antivedendon ciò timido stai,
è il tuo timore intempestivo omai.

Penso, risponde, alla città, del regno
di Giudea antichissima regina,
che vinta or cade ; e indarno esser sostegno
jo procurai della fatal ruina.
E ch'è poca vendetta al mio disdegno,
il capo tuo, ch'il cielo or mi destina.

tacque.
—『해방된 예루살렘』19곡

그런데 롱기누스와 『트레부』지 편집자에게로 돌아가보
자. 롱기누스의 장황한 설명이 호메로스의 아이아스의 말
뒤에 나오는 내용과 전혀 일치하지 않는다는 점을 방금
살펴보았는데, 이제 나는 그것과 아이아스의 말 앞에 나
오는 내용은 훨씬 더 일치하지 않는다는 점을 보이고자
한다.

파트로클로스가 죽임을 당했다. 그의 주검을 찾기
위해 싸우는 것이다. 미네르바가 하늘에서 내려와 그리스
군을 자극한다. 미네르바는 메넬라오스에게 "무엇이! 아
킬레우스의 전우의 시체를 트로이 사람들의 성벽 아래서
개들이 뜯게 될 것이오!"라고 말한다. 메넬라오스는 다시
용기를 얻고 새로운 힘이 솟아난다. 메넬라오스는 트로
이 군 속으로 뛰어들어, 창을 던져 포데스를 꿰뚫어버리
고 파트로클로스의 주검을 탈취하여 가져온다. 그런데 파
이놉스의 모습을 하고 있던 아폴론은 헥토르에게 "헥토
르여, 그대의 친구 포데스가 죽었소. 메넬라오스가 파트
로클로스의 주검을 가져가는데 그대는 물러서고 있구려"
하고 부르짖었다. 헥토르는 고통과 수치의 감정을 느껴
가던 길을 되돌린다. 그런데 그 순간 제우스는 "방패로 무
장하고, 번개를 내리고, 이다 산을 천둥으로 뒤흔들고, 그
리스 군을 공포에 빠뜨리고 암흑으로 덮어버렸다".

그러나 행동은 이어진다. 수많은 그리스 군이 먼지 위에 쓰러졌다. 아이아스는 전투의 운명이 바뀌었음을 알아차리고 주위 사람들에게 소리친다(ὦ πόποι). "슬프도다! 제우스는 트로이 사람들 편이오. 트로이 군의 화살을 움직이고 계시오. 비겁한 자가 쏘는 화살일지라도 그들은 백발백중인데 우리가 겨누는 것은 모두 헛되이 땅에 떨어질 뿐이오. 전우들은 아연실색해 우리가 다 끝났다고 생각하고 있소. 하지만 갑시다! 저들의 경고를 끝내고 파트로클로스의 주검을 구하는 방법을 함께 논의하도록 합시다. 아! 아킬레우스가 전우의 운명을 아직 모르고 있는데 그에게 전령으로 보낼 사람이 보이지 않는구려. 어디나 캄캄한 암흑에 싸여 있으니. 신과 인간의 아버지여(Ζεῦ πάτερ), 우리 눈을 가린 어둠을 거두어, 우리가 죽는 것이 당신의 뜻이라면 적어도 빛이 보이는 데서 죽이소서." 이렇게 말하자 신과 인간의 아버지는 그가 눈물을 흘리는 것을 보고 마음이 아파서 빛을 내렸다.

이제 나는 롱기누스의 아이아스의 말의 단 한 마디라도 똑같은 상황에 부합할 수 있는지, 편집자가 수사학자 롱기누스에 유리하게 이용할 수 있을 정황이 한 가지라도 있는지, 롱기누스, 부알로, 라 모트는 아이아스의 일반적인 성격에만 주의를 기울였기 때문에 그 성격을 변화시키는 상황에 전혀 주의를 기울이지 않았다는 점이 확실하지 않은 것인지 묻겠다.

어떤 감정이 진실할 때, 이를 깊이 생각할수록 그 감

정은 더욱 강화되기 마련이다. "위대한 신이시여, 저는 살기를 구하는 것이 아닙니다. 그런 기도는 아이아스에 걸맞지 않은 것입니다 운운"했던 롱기누스의 말을 기억해보자. 빛이 다시 보이자마자 그가 해야 할 일이 무엇이겠느냐고 내게 물어보라. 편집자를 믿어보자면, 아이아스가 그 빛이 다시 나타나기를 바란 것은 오직, "분노한 나머지 그리스 군을 모두 죽일 결심을 한 제우스의 공격을 받아 죽기에 앞서, 한순간 스스로 영예로운 행위의 광채에 싸이고자 하는 희망에서였던 것"이다. 분명 그는 투쟁했다. 분명 그는 헥토르와 싸웠다. "하늘의 광명이 비칠 때" 암흑 속에서 그리스 군이 흘렸던 엄청난 피를 복수하는 것이다. 롱기누스가, 그리고 그를 따라 편집자가 아이아스의 것으로 보았던 감정과 다른 것을 기대할 수 있는가?

그런데 호메로스의 아이아스는 전혀 다르게 말한다. 아이아스는 제 주위로 시선을 돌리면서 메넬라오스를 알아본다. 아이아스는 메넬라오스에게 "제우스의 아들이여, 신속히 안틸로코스를 찾아, 아킬레우스에게 저 운명적인 소식을 전하게 하오"라고 말한다.

메넬라오스는 마지못해 복종한다. 그는 떠나면서 아이아스와 메리오네스에게 큰 소리로 부르짖는다. "파트로클로스가 당신들의 전우였음을 잊지 마시오." 그는 사방을 살피다가 안틸로코스를 알아보고, 맡은 임무를 이행한다. 안틸로코스가 떠나고, 메넬라오스는 안틸로코스가 이끌던 군대에 대장을 세우고, 아이아스에게 돌아와 보고하자, 텔라몬의 아들 아이아스가 그에게 이렇게 대답한다. "자, 메넬라오스, 그대와 메리오네스는 파트로클레스의 주검을 드시오. 당신들이 주검을 운반하는 동안 우리는 그대들 뒤에서 적과 맞서 싸울 것이오."

이 분석에서 다른 모든 것 이상 파트로클레스의 주검만을 생각하는 영웅을 누가 알아보지 못할 것인가? 아킬레우스의 전우가 당할 처지에 놓여 있고 저 자신에게 미칠 수도 있을 불명예가 그가 눈물을 흘리는 단 하나의 이유나 다름없다는 점을 누가 보지 못할 것인가? 롱기누스의 아이아스와 호메로스의 아이아스 사이에, 시인의 시구와 수사학자의 장황한 설명 사이에, 시인의 영웅의 감정과 수사학자의 영웅의 태도 사이에, "ὦ πόποι"라고 고통에 차 부르짖고 "Ζεῦ πάτερ"라고 기원과 기도의 어조를 취한 것과 롱기누스의 아이아스의 분노와 불경에 가까운 저 긍지 사이에 전혀 관계가 없다는 점을 이제 누가 보지 못할 것인가? 롱기누스가 아이아스를 그렇게 분명히 해석해 버렸기에 부알로조차 잘못 생각했고 그를 따라 라 모트 역시 그리했던 것이다.

반복하건대 나는 롱기누스가 무관심했다는 점이 너무도 확실하다고 본다. 고대인들의 저작을 편견 없이 읽는 사람들이 롱기누스가 무관심했음을 분명히 느끼게 되기를 바란다. 나는 우리 분쟁의 결정권을 편집자에게 남겨두겠는데, 결정은 그가 해야 한다. 한 번 더 나는 편집자에게 내가 잘못 생각했음을 증명해달라고 요구하지 않고, 단지 내가 잘못 생각했음을 말해달라고 요구할 뿐이다.

내가 이 대목을 길게 설명한 것은 편집자가 특별히 주의를 기울여 검토했음을 내게 알리면서 그 대목이 그럴 만한 가치가 있는 것이었음을 깨닫게 해주었기 때문이다. 더욱이 이 논의를 하는 데 비판 못지않게 훌륭한 감식안이 기여했다. 그래서 호메로스가 저 몇 줄 안 되는 시구에서 얼마나 숭고한 표현을 가득 넣었는지 보여주고, 고대인들이 글을 쓰고 작품을 읽는 방식에 대한 '시론'의 몇 줄을 독자에게 제시하는 기회가 되었다.

『트레부』지 860쪽을 읽어보자. "마찬가지로 아카데미프랑세즈에서 베르니 신부가 낭독한 연설을 비판하고 있는 부분에 대해서도 배울 것이 없다."

고찰. 『농아에 대한 편지』 마지막 부분을 보면 설익은 비판에 대한 저자의 생각을 읽을 수 있다. 타인의 작품을 판단하는 사람이라면 누구나 그 생각을 훑어보도록 권한다. 그러면 잘못 생각하게 되었을 때 어떤 태도를 취해야 할지 모델을 발견할 수 있을 것이다.

편집자는 덧붙여 "베르니 신부의 작품은 낭독 당시 우레와 같은 갈채를 받았지만 아직 출판되지 않았고, 베르니 신부의 입장에서 충분히 알지 못하는 영역에서 공격하거나 방어를 하는 일은 마치 아이아스가 암흑 속에서 싸우는 것과 같으리라"고 썼다.

고찰. 아주 사려 깊은 대목이다. 그러나 비교가 적절치 않다. 호메로스에서는 아이아스가 암흑 속에서 싸운 것이 아니라 고작해야 싸우기 위해 빛을 돌려달라고 요청한 것으로 보인다. "아이아스가 암흑 속에서 싸우는 것과 같으리라"라고 해서는 안 되고 "공격이나 방어를 하려면 아이아스처럼 빛을 돌려달라고 요청해야 할 것이다"라고 말해야 했다. 내가 여기서 사소한 것을 들춰낸 것은 편집자가 그 예를 들었기 때문이다.

마지막으로 인용문 마지막 쪽인 863쪽을 읽어보자. "저자의 저작을 읽고 보니 프랑스어를 사용할 줄 안다면 고대인들의 저작이 오늘날 우리에게 값진 것처럼 프랑스의 저작도 후세에게 값진 것이 되리라는 희망을 품게 된다. 이는 좋은 소식이다. 하지만 그 소식이 지나친 약속을 하는 것은 아닌지 걱정도 된다. (…) 우리는 키케로 같은 웅변가를, 베르길리우스와 호라티우스와 같은 시인을 갖게 되리라. (…) 그리스에 발을 디뎠다면 에픽테토스의 변호에도 불구하고 어찌 '슬프도다! 우리는 결코 영예롭지 못할 것이고 별 볼 일 없는 자일 뿐이리라'라고 할 마음이 들지 않을 수 있겠는가."

고찰. 우리는 거의 모든 장르에 걸쳐 아테네와 로마가 더 아름다운 것으로 만들었던 것과 비교할 만한 작품을 이미 갖추고 있다. 에우리피데스는 라신의 비극을 부인하지 않을 것이다. 코르네유의 「신나」, 「퐁페」, 「오라스」는 소포클레스에게 영예가 될 것이다. 볼테르의 「앙리아드」 중 몇몇 대목은 『일리아스』와 『아이네이스』에서 더 훌륭하게 갖춘 것에 "정면으로 맞대결할 수 있다". 테렌티우스와 플라우투스의 재능을 합한 몰리에르는 그리스와 이탈리아의 희극을 멀찍이 따돌렸다. 그리스와 라틴의 우화 작가들과 프랑스의 우화 작가 사이에는 얼마나 먼 거리가 있는가! 부르달루와 보쉬에는 데모스테네스와 겨루고, 바롱은 아르두앵, 키르허, 페토*보다 더 박학했던 것이 아니었다. 호라티우스가 부알로보다 시학을 더 잘 쓴 것은 아니다. 테오프라테스는 라 브뤼예르를 추하게 보이게 하지 못한다. 엄청난 선입견을 갖지 않는 이상 플라톤의 『국가』를 읽는 것만큼이나 몽테스키외의 『법의 정신』을 즐겁게 읽을 수 있을 것이다. 그러므로 에픽테토스에게 고문을 가하지 않더라도 우리 시대와 우리나라에 가해진 부당 대우는 쉽게 제거될 것이다.

　　"좋은 책을 짓기란 대단히 어렵지만 그 책을 비판하는 일은 대단히 쉽기 마련이니, 저자는 모든 것을 이어 간직하고, 비평가는 그중 하나만 강요하기 때문이다. 비평가는 틀려서는 안 되지만, 비평가가 계속해서 틀리게 되었다면 이는 용서받을 수 없는 일이리라." 『『법의 정신』 옹호』, 177쪽.

---

* Jean Hardouin(1646~1729). 메달 화폐 전문가이자 대(大)플리니우스의 편집자. Athanase Kircher(1601~80). 독일 수학자이자 고고학자. Denis Petau(1583~1652). 연대기학 전문가로 『시간의 이론에 관하여(De Doctrina temporum)』(1630)의 저자.

기사 42. 『듣고 말하는 사람들을 위한 농아에 대한 편지』, 12절판, 차례 제외 241쪽, 이 책은 파리 오귀스탱 강변로의 보슈 피스 서점에 나와 있다.

개요나 서두로 볼 수 있는 부분에 "이 편지는 도치의 기원, 문체의 조화, 숭고의 국면, 대부분의 고대어와 현대어에 대한 프랑스어의 몇 가지 장점과, 기회가 되면 예술에 있어 특별한 표현법을 다룬다"는 대목이 있다.

또 이 책의 말미에 열여덟에서 열아홉 쪽에 걸쳐 저자가 이룬 한 가지 성과가 제시되어 있다[842]. 그것을 보면 저자가 본 저작에서 다룬 다양한 생각이 어떤 식으로 연결되는지 알 수 있다. 저자에 대해서는 알려진 바가 전혀 없다.

그리고 같은 책 133쪽에 도치 논쟁에 대한 중요한 부분이 대단히 간결하고 꼼꼼히 정리되어 있다. 여기가 본 편지의 중요 대목이다.

이 대목을 빠짐없이 읽어보도록 권한다. 그래야 익명의 저자가 제시한 학설을 이해할 수 있다. 확실히 일반 독자는 저자의 학설이 지나칠 정도로 뚜렷하지 않아 보일 것이다. 이 편지를 읽은 뒤 독자 대부분은 머릿속에 남은 것이 하나도 없다고, 추상적이기만 한 고찰을 끝까지 읽고 난 뒤에도 규명된 것이나 지식으로 남은 것이 하나도 없다고 말할 것이다. 더구나 그 고찰에 역설적인 데가 없고, 자의적인 의견이 아니고, 제대로 된 비판이었다고 어느 누가 답할 수 있을까?

[843] 고생스러운 연구를 할 목적으로 책을 읽지 않고, 어떤 저작에서 아주 쉽게 이해할 수 있는 표현들을 찾아내는 것으로 만족하고, 이미지, 묘사, 기가 막히게 적용된 부분, 한마디로 상상력과 감정을 불러일으키게끔 해주는 원인들을 촉발케 하는 것이라면 무엇이나 좋아하는 사람들이라면 그렇게 추론하거나 적어도 그런 의심을 품을 것이다.

하지만 철학자들은 그렇게 생각하면 안 된다. 철학자들은 용기 있게 열성적으로 도치의 주제를 다뤄야 한다. 프랑스어에 도치가 있는가, 없는가? 도치를 문법의 문제로 생각하지 말도록 하자. 도치의 문제는 형이상학의 가장 미묘한 문제, 관념의 기원의 문제에까지 이른다.

사람들의 감각에 가장 먼저 자극이 되었던 것은 무엇인가? 물체, 색깔, 형상, 연장 등과 같은 [844] 감각 자질이리라. 더 자세히 말하자면 색을 띠고, 형상을 갖고, 연장을 갖는 그러한 것이 우리가 이해하는 능력을 사용하기 시작했을 때부터 이해했던 것이다. 여기서는 형용사와 같은 용어들이 문제가 된다. 우리는 그 용어들은 원래 우발적인 사건들만을 표현하는 것이라고 생각할 때가 간혹 있다. 그러나 이들 형용사는 우리가 가졌던 지식이 최초로 배열되었던 순서에서는 실사에 선행했다. 하지만 이 용어들이 사실 정의를 내리는데 쓰이는 핵심 부분이 된다. 물체는 "실체로서 연장을 갖고, 색을 띠고, 형상을 갖는 등등의 것이다. 이 정의에서 형용사를 전부 제거해보라. 당신이 실체라 부르는 저 상상의 존재에 무엇이 남을 것인가?" 저자는 물체를 정의하는 데 유(類)개념으로 간주된 '실체'라는 말을 확실히 '상상의 존재', 순전히 논리적인 '존재'로 볼 수 있다고 고찰한다. 더욱이 [845] 우리의 개념들과 우리의 말과 달리, 모든 실체는 실재하고, 존재하고, 본질적이든 부수적이든 속성을 갖는다는 점을 잊어서는 안 되기 때문이다.

저자는 관념의 자연적 순서에서 형용사가 실사에 선행한다는 점으로부터 프랑스어에 도치가 있다고 볼 수 있다는 결론을 도출한다. 프랑스어는 어떤 다른 언어 이상으로 실사를 형용사 앞에, 동사를 실사와 형용사 사이에 두기 좋아하기 때문이다.

그러나 저자가 프랑스어에 도치가 있음을 인정하더라도 본 『농아에 대한 편지』의 의견은 이 편지의 수신인인 바퇴 신부의 의견과는 아주 다르다. 대단히 추상적인 이 주제를 다소 발전시켜 보려면 이 차이를 설명해봐야 할 것이다.

바퇴 신부는 돌리베 신부에게 보내는 편지에서 [846] 프랑스어에는 도치가 아주 많고, 이 문제에 대해 우리의 저자가 제시하는 것과 아주 다른 이유를 들어 설명한다고 주장한다. 바퇴 신부는 사물의 자연적 순서를 정신적으로 그리고 실천적 의미에 따라 봐야 한다고 생각했다.

그는 우리가 말할 때는 어떤 이득을 고려하는 것이므로 말을 꺼내는 동기에 따라 말하는 대상의 지위가 결정되고, 그래서 가장 놀라움을 주는 대상이 틀림없이 제일 먼저 표현되어야 하고, 예를 들어 내가 어떤 이에게 뱀을 피하라고 말하려 한다면, '피하다' 앞에 '뱀'을 표현하는 것이 자연적 순서이고, 그 반대를 말하는 언어가 있다면, 그 언어는 도치를 받아들인다고 간주되어야 하므로, 이 점으로부터 끌어낼 수 있는 결론은 "피하라 뱀을(fuyez le serpent)"이라고 하는 프랑스어에는 도치가 있고, "뱀을 피하라(serpentem fuge)"라고 말했던 로마 시대 라틴어에는 도치가 없다는 것이다.

[『농아에 대한 편지』의] 저자는 [847] 이 문제를 다른 식으로 정리한다. 그는 우리가 앞에서 지적했듯이 우리가 가졌던 지식이 최초로 배열되었던 순서에까지 거슬러 올라간다. 말을 꺼내는 동기와는 별개로, 그는 우리가 관념을 어떤 순서로 자연스럽게 배치하는 것인지 검토한다. 프랑스어는 굳이 이 순서를 따르지 않으니까, 저자는 이런 의미에서 프랑스어는 도치를 사용한다고 판단한다. 저자는 이를 몸짓언어를 통해 증명하고 있다. 이 부분은 여담이 끼어들면서 다소 중단되었다. 우리가 추가할 수 있는 점은 많은 독자들이 이 대목을 마지막 부분까지 읽었을 때 자신이 연관 관계를 모두 파악했는지, 저자가 말하고 있는 농아들이 프랑스어에 도치가 있다는 사실을 어떤 부분에서 어떻게 확증해준다는 것인지에 대해 자신이

제대로 이해했는지 의아해한다는 것이다. 그렇기는 해도 [848] 이 대목에서 만날 수 있는 천재적인 시도들에 대해서, 무엇보다도 눈으로 듣는 클라브생을 농아가 바로 앞에서 보고 경험을 얻었던 부분을 아주 즐겁게 읽을 수 있다. 유명세를 타고 있는 이 클라브생을 본다면 발명자가 얼마나 풍요롭고 통찰력 있는 정신의 소유자인지 이해하고도 남는다.

바퇴 씨는 프랑스어에 도치가 있다고 봤고, 가감하는 일 없이 도치를 있는 그대로 이해했다. 바퇴 씨는 이득이 된다거나 말을 꺼내는 동기를 따르게 된다거나 하는 그의 원칙을 보편적이고 절대적인 것이라고 보고 있기 때문이다. 바퇴 씨를 수신인으로 편지를 쓰는 저자는 신중을 기해, "인위적 순서, 학문적 순서, 교육적 순서, 구문의 순서"를 고려하는데, 이 말들은 모두 의미가 같다. 독자는 본 편지를 읽어가면서 이 점을 다시 살펴보게 될 것이다. 달리 읽을 경우 저자의 생각들은 흔적도 없이 사라져 버리거나 뒤죽박죽이 될 수도 있을 것이다.

우리의 저자는 교육적 순서와 구문의 순서를 [849] 정신의 자유로운 활동에 순서를 부여하고, 정신의 눈으로 바라본 것과 지식의 순서를 배치하고, 관념 하나하나마다 그 관념에 적합한 자리를 마련하여 경우에 맞게 분명히 드러나도록 해주는 순서로 본다. 이렇게 훌륭한 정돈이 정확히 가능한 언어를 상상해보자. 그 언어는 가장 완전하고, 가장 분별 있고, 가장 학문에 적합한 언어이며,

가르치고, 정신을 밝혀주고, 납득시키는 데 안성맞춤인 언어가 아닐까? 왜 프랑스어가 그리스어, 라틴어만큼 못 되는지 아쉬워하고, 이탈리아어와 영어만큼 되어야 한다고 바라야 할까? 하지만 저 아름다운 언어에도 도치가 있다고 말해야 할 것이다. 저자가 바랐던 결론이 바로 이 점이다. 저자는 프랑스어에 확실한 장점이 있다고 보지만, 도치에 결함이 있다고는 인정하지 않는다. 그는 이 주제에 대해 프랑스어를 고대의 언어 및 우리 이웃 나라의 언어와 두드러지게 비교해본다. [850] "공정하게 비교를 계속해보자면 프랑스어는 도치를 갖지 않는 것으로 담화의 핵심 자질이라 할 수 있는 명료성, 명확성, 정확성을 얻은 반면, 열정, 웅변, 에너지를 잃었다고 말할 수 있을 것입니다. 여기에 프랑스어가 교육적이고 규칙적으로 진행되어야 하기 때문에 학문을 하기에 보다 적합해졌으며, 그리스어, 라틴어, 이탈리아어, 영어는 표현법과 도치의 면에서 문학에 더 유리하며, 프랑스 사람은 어떤 다른 민족보다 정신이 말을 더 잘하게 할 수 있으니, 양식 있는 사람이라면 프랑스어를 선택하겠지만, 상상력과 정념을 표현하는 데는 고대 언어와 이웃 나라의 언어들이 선호될 것이고, 사교계에서나 [851] 철학을 가르치는 학교에서는 프랑스어를 말해야 하지만, 연단과 극장에서는 그리스어, 라틴어, 영어를 말해야 할 것이고, 진리의 언어가 만에 하나 다시 지상으로 내려오기만 한다면 프랑스어가 바로 그 언어가 될 것이고, 그리스어, 라틴어 및 기타 언어들은 우화와 허위의 언어가 되리라는 점을 기꺼이 덧붙이겠습니다."

이 대목은 저자가 문체에 대해 훌륭한 생각을 가졌음을 보여주지만, '연단'을 말했던 지점만은 승인받기 어려울 것이다. 저 존엄한 장소를 위해서는 이성의 권리, 지혜의 권리, 종교의 권리, 한마디로 말해 진리의 권리를 가장 잘 설명할 수 있을 언어를 마련해야만 할 것 같다. 하지만 이제 서둘러 도치에 대한 결론을 내려보도록 하자.

그러므로 저자는 관념과 관념에 대응하는 단어의 일종의 최초의 상태와 관련해서 고려했을 때 프랑스어에 도치가 있음을 인정했고, 관념들의 교육적, 성찰적, 체계적 순서와 관련해서 고려했을 때 [852] 프랑스어에는 도치가 없다고 판단했다. 전자의 경우는 일종의 형이상학적 가설에 불과할 수도 있어서, 이를 반대하는 사람들이 많을 것이다. 반대로 후자의 경우는 주의 깊은 독자들이라면 부인할 수 없다. 이상이 저자의 학설을 읽고 우리가 생각하게 된 대략적인 결과이다.

저자는 도치를 상세히 다루면서 여러 에피소드를 통해 숭고의 국면, 웅변 기호들의 인위적 순서, 여러 언어에서 보이는 시제의 결여, 모든 언어의 세 가지 상태로서 탄생의 상태, 형성의 상태, 완성의 상태를 지적한다. 대목 하나하나에 주의를 기울여볼 수 있으면 좋겠다. 세심하게 생각되고 제대로 표현된 부분들이 많다. 우리는 [853] 이 부분에서 그리스어로 된 세 구절을 만나게 되는데 모두 에픽테토스에서 따온 것이다. 저자가 첫 번째 구절(18, 19

171

쪽)에서 직업 철학자와 관련한 생각이 제논에서 나온 것이라고 하면서 실수를 했음을 볼 수 있을 것이다. 그러나 여기서 말하는 사람은 에픽테토스(『담화록』20장)*이다. 하지만 사소한 사항이니 넘어가자.

저자는 언어의 세 가지 상태가 이어지는 과정에서 조화가 나타난다고 보고, 그 기회에 문체의 조화와 음악의 화성을 비교하고, 음절로 이루어진 조화와 도미문으로 구성된 조화를 구분하고 있다. 전자는 단어와 관련되고, 후자는 도미문과 관련된다. 또 이 둘이 조화를 이룰 때 특별히 시에 일종의 [854] 상형문자가 생긴다는 점을 고찰하고, 호메로스, 베르길리우스, 부알로와 같은 가장 위대한 시인들의 서너 대목을 분석하면서 상형문자를 검토하고, 한 시인을 다른 언어로 번역하는 일이 불가능하며, 시인을 제대로 이해하는 것조차 대단히 어려운 일이라고 단언한다. 그는 한 가지 사례를 들어 이 마지막 명제를 뒷받침하고 있는데, 특히 이 점에 주목해봐야 할 것이다. 『일리아스』 XVII권의 저 아름다운 세 행을 모르는 사람은 없다. 그리스 군이 암흑에 휩싸이자 아이아스가 제우스에게 항의하는 장면이다.** 우리는 롱기누스가 이 시행을 사상의 숭고에 대한 한 가지 예로 언급했음을 알고 있는데,

---

* 우리는 여기서 그리스어 텍스트에 따라 장을 구분한 것을 따른다. 다른 식으로 나누어놓은 앙주 폴리시앙(Ange Politien)의 번역을 따르지 않는다.─원주
** Ζεῦ πάνερ, ἀλλὰ οὐ ρῦσαι ὑπ' ἠέρος υἷας Ἀχαιῶν, / ποίησον δ' αἴθρην, δὸς δ' ὀφθαλμοῖσιν ἰδέσθαι / ἐν δὲ φάει καὶ ὄλεσσον, ἐπεί νύτοι εὔαδεν οὕτως.─원주

[855] 부알로는 이를 다음과 같이 번역했다.

위대한 신이여, 우리 눈 가리는 저 어둠을 거둬주소서
하늘의 광명 비추어 우리와 맞서 싸우소서.

라 모트 씨는 이렇게 옮기는 것으로 그친다.

위대한 신이여, 빛을 내려 우리와 맞서 싸우소서!

그런데 앞선 편지의 저자는 롱기누스도, 부알로도, 라 모트도 호메로스의 텍스트를 이해하지 못했으므로 이 시구는 다음과 같이 번역해야 한다고 말한다. "신과 인간의 아버지시여, 우리 눈 가리는 저 어둠을 거둬주소서. 우리를 죽일 결심을 하셨으니 하늘의 광명 비치는 곳에서 우리를 죽이소서." 그는 이 부분에는 "제우스에 대한 도전이 전혀 없고, 그것이 신의 뜻이라면, 죽을 준비가 되었고, 신에게 싸우다 죽도록 해달라는 은총만을 내려달라는 영웅밖에는 볼 수 없다"고 말한다. [856] 저자는 점차 자기 생각을 굳히고 있는데, 이 대목을 대단히 관심 있게 봤던 것 같다. 이 점에 대해서 다음의 고찰을 해봐야 하리라 생각한다.

　　1. 여기 수록된 좀 전의 번역은 문자 그대로 정확하며, 호메로스가 제시한 의미에 부합한다.

　　2. 저 위대한 시인의 텍스트에서 제우스에 맞선 아이아스의 도전이 전혀 보이지 않는다는 것은 사실이다.

유스타테는 전혀 다르게 보았다. 이 주석가는 '하늘의 광명 비치는 곳에서 우리를 죽이소서'가 '내가 죽어야 한다면 적어도 덜 잔인하게 죽으련다'를 말하기 위한 격언을 창시했던 것만을 보았다.

3. 롱기누스를 프랑스의 두 시인 부알로 및 라 모트와 구분해야 한다. 롱기누스를 롱기누스 자체로, 그리고 그의 텍스트 자체로 고려했을 때, 롱기누스는 호메로스가 제시한 의미를 올바로 이해한 것으로 보인다. 사실 호메로스와 동일한 언어를 말했고, 전 생애를 통해 호메로스를 읽었던 [857] 학자가 이해했던 것보다 우리가 호메로스를 더 잘 이해했노라고 생각했던 것은 참으로 놀라운 일이 아닐 수 없다.

수사학자 롱기누스는 호메로스의 시를 언급하며 다음과 같이 덧붙였다. "이것이야말로 진정으로 아이아스에게 합당한 감정이다. 아이아스는 살려달라고 하지 않는다. 그랬다면 그것은 영웅으로서는 참으로 비굴한 요청이었으리라. 그러나 아이아스가 짙은 어둠에 휩싸여 제 진가를 전혀 발휘할 수 없으니 싸우지 못하는데 화가 치밀어 오른다. 그는 빛을 신속히 돌려줄 것을 요청하여, 제우스와 정면으로 맞대결하게 될지라도 자신의 위대한 마음에 부합하는 방식으로 죽고자 하는 것이다."*

[858] 이 대목을 문자 그대로 번역하면 위와 같다.

---

* 그리스어로는 "제 가치에 합당하는 무덤을 찾기 위해서"라고 되어 있다.—원주

우리는 여기서 롱기누스가 호메로스의 생각과 시구를 도전의 의미로 해석했다고 전혀 생각하지 않는다. "제우스와 정면으로 맞대결하게 될지라도"는 시인이 제우스를 방패로 무장하고 번갯불을 쏘고 이다 산을 뒤흔들면서 그리스 군을 공포에 빠뜨리는 것으로 그려내는 『일리아스』속 동일한 장면의 내용과 이어진다. 이 파국의 상황에서 아이아스는 신들의 아버지 제우스가 트로이 군의 화살을 움직인다고 생각하게 된다. 그래서 우리는 암흑에 휩싸인 영웅 아이아스가 신과 대결하는 데 이르는 것이 아니라, 자신의 위대한 마음에 부합하는 결말에 이르기 위해 빛을 내려, 사위를 볼 수 있게 해달라고 요청할 수 있으리라 이해하게 된다. 설령 아이아스가 제우스가 쏟아내는 화살에 맞아 최후를 맞게 될지라도, 즉 "제우스와 정면으로 맞대결하게 될지라도" 말이다. 이 생각들은 서로 이어지는 지점이 없다. [859] 아이아스 같은 용맹한 전사는, 분노한 나머지 그리스 군 전부를 죽음에 몰아넣고자 결심한 제우스의 공격을 받아 죽기 전에, 한순간이라도 영예로운 행동을 하리라 바랄 수 있었다.

   4. 부알로는 "제우스와 싸워야 했을 때"라고 말할 때 호메로스의 텍스트를 지나치게 의미를 확장해 파악하고 있다. 이 때문에 도전의 분위기가 풍기게 되는데, 롱기누스는 이를 전혀 제시하지 않았다. 그러나 호메로스 시행의 절반을 번역한 곳에서 그러한 의미의 확장은 두드러져 보이지 않는 것 같다. 그가 번역한 반구(半句) "우리와

맞서 싸우소서"에는 형식상 도전의 분위기가 제시되지 않았다. 이 도전에 대한 생각이 "당신이 뜻한 대로 우리를 죽이소서"에서 더 잘 표현될 수 있기는 했다. 아마 부알로보다 훨씬 못한 라 모트의 번역 시에 대해서는 다른 말을 추가할 필요가 없을 것이다.

이 점 전체로부터 [860] 프랑스의 두 시인은 전적으로든 부분적으로든 우리의 저자의 비난을 받아 마땅할지라도, 적어도 롱기누스는 그렇지 않으며, 이 점을 확신하려면 롱기누스의 텍스트를 읽어보는 것으로 충분하다는 결론을 내릴 수 있다.

마찬가지로 우리는 아카데미프랑세즈에서 베르니 신부가 낭독한 연설을 비판하고 있는 부분에 대해서도 배울 것이 없다. 낭독 당시 우레와 같은 갈채를 받았던 그 연설은 아직 출판되지 않았고, 우리 입장에서 충분히 알지 못하는 영역에서 공격하거나 방어하는 일은 마치 아이아스가 암흑 속에서 싸우는 것과 같으리라.

이 『농아에 대한 편지』의 마지막 쪽들에 다른 주제들이 담겨 있다. 저자는 여기서 음절로 된 상형문자가 어떤 방식으로 언어에 들어오게 되었는지 검토하고, [861] 이 경우, 모음 A의 소리가 제일 먼저 사용된 것이고, 제일 폭넓은 변화를 겪었고, 제일 자주 반복되었음을 가르쳐준다. 저자는 히브리어가 이 점에 대한 좋은 증거를 마련해준다고 주장하며, 히브리어를 영광스럽게도 인간이 말했던 최초의 언어로 인정하고 있다. 이 점은 학식 있는 많은 사람들이 생각하는 바이다. 다만 위에, 스칼리제, 흐로티우스, 보샤르, 카펠의 의견은 이와 다르다.

　　상형문자는 본래 모방을 목적으로 만든 것이므로, 각각의 모방예술은 자신에게 고유한 상형문자가 있다. "이 예술들을 서로 비교하고, 예술들 사이의 유추 관계를 밝히고, 어떻게 시인, 화가, 음악가가 동일한 이미지를 표현하는지 설명하는 일은 섬세하고 세심한 정신"이 맡아야 할 일일 것이다. 저자는 바퇴 신부더러 이 일을 맡아보도록 권한다. 바퇴 신부는 이미 성공적으로 [862] 모든 예술을 한 가지의 동일한 원리로 환원하고자 시도했기 때문이다. 아울러 저자는 바퇴 신부에게 아름다운 자연이라고 불리는 것, 아름다운 자연이 예술에 행사하는 영향력, '아름답지 않은 자연이 없고, 제자리에 놓이지 않은 것 외에는 추한 자연은 없다'는 흔히들 갖는 편견에 대한 문제가 설명되어야 한다는 점을 상기시켜 주었다.

　　우리는 이들 시도, 혹은 저작에 대한 기획이 실행되기를 바랄 수밖에 없다. 고대인들을 연구하면서 분명 큰 도움을 구해야 할 것이다. 고대인들은 특히 아름다운 자연을 이해하고, 그것을 실행하고, 그것을 원할 때마다 쓸 수 있도록 갖추고 있었다고 말할 수 있을 정도였고, 그것을 다 써서 없어져버리면 어쩌나 걱정하지도 않고 저 아름다운 자연의 보고(寶庫)를 아낌없이 쓸 수 있었다. 그리하여 고대인들의 저 찬란한 시대에 그들이 가졌던 비밀을 이제 더없이 훌륭한 우리의 문학가들이 찾거나, 적어도 찾아나갈 충분한 가치가 있을 것이다.

　[863] 저자의 저작을 읽고 보니, '프랑스어를 사용할 줄 안다면, 고대인들의 저작이 우리에게 값진 것처럼 프랑스의 저작도 후세에게 값진 것이 되리라'는 희망을 품게 된다. 이는 좋은 소식이다. 하지만 그 소식이 우리에게 지나친 약속을 하는 것은 아닌지 걱정도 된다. 프랑스어에 장점이 많기는 하더라도, 고대 언어들의 저 용이성, 저 명확성, 저 장엄함, 저 풍요로움을 갖출 수 있을 것인가? 우리가 키케로와 같은 웅변가를, 베르길리우스와 호라티우스와 같은 시인을, 티투스 리비우스와 같은 역사가를 가질 수 있을 것인가? 우리가 그리스에 발을 디뎠다면, 에픽테토스의 변호에도 불구하고, 어찌 "슬프도다! 우리는 결코 영예롭지 못할 것이고, 그저 별 볼 일 없는 사람들일 뿐이다"라고 할 마음이 들지 않을 수 있겠는가.*

* 에픽테토스, 『담화록』(22장).―원주

옮긴이의 글
들고 말할 줄 아는 사람들에게

우리는 디드로가 『들고 말하는 사람들을 위한 농아에 대한 편지』의 출판을 맡았던 서적상 보슈 피스(Bauche fils)에게 보낸 편지에 기록된 날짜를 통해 이 『편지』가 1751년 1월 20일 무렵 완성되었음을 알 수 있다. 이 『편지』는 같은 해 2월 18일부터 판매되었고, 5월에 「……양에게 보내는 편지」와 『트레부』지에 실린 서평에 대한 반박문 등이 함께 묶여 그 2판이 출간된다.

　「……양에게 보내는 편지」에서 디드로는 늦은 답장에 사과하며 "제가 맡고 있는 대작의 첫 번째 권을 끝내고, 두 번째 권을 준비하기 전에, 내내 비 내리는 나날들 사이에 잠시 맑게 갠 날처럼 틈이 나서"(111쪽) 간신히 시간을 낼 수 있었다고 고백한다. 우리는 디드로의 이 말이 그저 의례적인 인사치레가 아니라고 생각한다. 디드로는 당대 유럽 최고의 수학자였던 달랑베르와 함께 1747년 10월 6일, 파리 서적상 뒤랑, 브리아송, 다비드, 르 브르통이 연합해 기획한 『학문, 기술, 직업의 체계적인 백과사전(Encyclopédie ou Dictionnaire raisonné des sciences, des arts et des métiers)』의 편집 책임자로 임명되었다. 텍스트 열일곱 권이 1766년에, 도판 열한 권이 1772년에 완간되기까지 디드로는 꼬박 25년을 『백과사전』 편집에

바쳤다. 다만 스스로 밝히고 있듯이, 『백과사전』 작업은 "알파벳 형식을 따랐기에 매번 휴식 기회가 생겼다".* 디 드로는 이제 『백과사전』 첫 권의 작업을 모두 마치고 인 쇄를 넘긴 뒤, 모처럼 짧은 휴식을 가질 수 있었다.

그렇다면 『백과사전』 작업 때문에 도저히 틈을 낼 수 없었던 디드로가 짧은 휴가를 이용해서 『농아에 대한 편지』를 썼던 이유는 무엇일까? 그가 시급히 의견을 제 시할 필요가 있다고 느꼈던 상황은 어떤 것이었을까? 이 문제에 대답하기 전에 우선 이 편지와 짝을 이루는 『눈으 로 볼 줄 아는 사람들을 위한 맹인에 대한 편지』를 검토해 볼 필요가 있다. 『맹인에 대한 편지』 작성 시기는 『백과사 전』 편집 작업이 한창이던 1749년으로 거슬러 올라간다. 디드로는 편지를 완성한 뒤, 『백과사전』의 출판업자 중 한 명인 뒤랑을 통해 이를 출판했다. 그러나 이 편지에 담 긴 사상이 문제가 되어, 디드로는 같은 해 7월 24일 전격 체포되어 뱅센 감옥에 수감된 후 이곳에서 11월 3일까지 감금되었다.

그러나 디드로의 전작에 비해 『맹인에 대한 편지』 에는 특별히 "위험한 사상"이 명백히 드러나지 않았다. 이 편지는 과학 아카데미의 곤충학자 드 레오뮈르의 주재로 프로이센의 안과 의사 요제프 힐머(Joseph Hilmer)가 시 모노 양의 백내장 수술을 맡아 선천적 맹인이었던 그녀의

---

* 드니 디드로, 『백과사전』(이충훈 옮김, 도서출판 b, 2014), 116쪽.

시력을 회복해주었던 일을 계기로 작성되었다. 디드로를 비롯한 당대 철학자들은 이 수술로, 태어날 때부터 시각 경험이 없었던 사람이 시력을 얻어 외부 세계를 감각하게 된다면, 그에게 열린 새로운 세계를 어떻게 지각하고 판단하게 되는가의 문제에 대해 새로운 접근과 성찰이 가능하리라 기대했다. 그러나 디드로는 드 레오뮈르의 통제로 이루어진 수술이 인류의 행복에 기여하게 될 지적 호기심과 합리적인 방법론을 결여한 채 배타적으로 이루어졌다는 데 분노했다. 후에 방델 부인이 될 디드로의 딸 앙젤리크는 이 시기의 상황을 다음과 같이 회상한다.

> 드 레오뮈르 씨는 자기 집에 선천적 맹인을 한 명 데리고 있었는데, 그 사람에게 백내장 수술을 시켜주었다. 붕대를 벗기던 날 [의학] 기술에 종사하는 사람들과 문인 몇 명이 그 자리에 있었다. 아버지도 그 자리에 초청받았다. 아버지는 빛의 존재를 몰랐던 사람이 빛을 보게 되면 첫 반응이 어떠할지 무척 궁금해했다. 그래서 새로우면서도 유익한 실험이 이루어지기를 기대했다. 붕대를 풀었지만 맹인의 말은 이미 알고 있던 것을 고스란히 알려줄 뿐이었다. 모인 사람들은 불만이었다. 화를 냈던 사람들도 있어서 다른 사람들은 이들에게 분별없는 행동을 하기까지 했다. 어떤 사람의 말로는 첫 번째 실험의 자리에 뒤프레 드 생모르 부인이 있었다고 했다. 아버지

는 드 레오뮈르 씨가 올바로 판단할 수 있는 능력을 갖춘 사람보다는 아름답지만 형편없는 눈을 가진 사람을 증인으로 세우고 싶어 했다고 말하면서 그 집을 나왔다.

뒤프레 드 생모르 부인은 이 말을 듣고 기분이 상했다. 그녀는 그 말이 자기가 가진 눈과 해부학 지식을 모욕하는 것이라고 생각했다. 그녀는 과학 지식이 많다고 우쭐해하는 여자였다. 다르장송 공작은 그녀를 어여삐 여긴 것 같았다. 그녀가 공작을 부추겼고, 며칠 뒤인 1749년 7월 24일 경찰서장 로슈브륀이 세 명을 대동하고 아침 아홉 시에 아버지를 찾아왔다. 경찰서장은 아버지의 서재와 서류를 샅샅이 수색하고, 체포 영장을 꺼내 아버지를 뱅센으로 끌고 갔다.*

방될 부인의 기억에 따르면 경찰서장이 아버지를 체포하기 위해 가져온 서류는 정식 재판 절차를 거치지 않고 체포와 구금이 가능했던 봉인장이었던 것 같다. 이 시기에 오스트리아 왕위 계승 전쟁(1740~8)이 끝났다는 점을 기억해보자. 이 전쟁에 참여했던 프랑스는 명분도 실리도

---

* 방될 부인(Madame de Vandeul), 「디드로 씨의 생애와 저작에 대한 기억(Mémoires pour servir à l'histoire de la vie et des ouvrages de M. Diderot)」(DPV I권, 1975), 21쪽. 디드로는 『맹인에 대한 편지』의 첫 부분에서 "결국 [드 레오뮈르 씨는] 안목이 형편없는 사람들 앞에서만 베일을 걷어올리고 싶었던 것입니다"라고 썼다(드니 디드로, 『맹인에 관한 서한』[이은주 옮김, 지식을만드는지식, 2010], 25쪽, 번역 수정).

얻지 못하고 막대한 전쟁 비용만 치르고 종전을 맞았다. 전쟁 비용을 충당하기 위해 새로운 세금이 부과되었음은 말할 것도 없다. 루이15세는 국사는 뒷전으로 미루고 애첩 퐁파두르 부인에 빠져 있었다. 파리 거리마다 왕과 애첩을 비판하는 풍자, 중상문, 가요들이 넘쳐났다. 사법 당국은 정부 정책을 비판하는 '위험인물'을 색출하여 처벌하는 데 열을 올렸다. 방델 부인이 거론한 전쟁부 장관 다르장송 공작은 당대 실력자로, 특히 문필가와 지식인들을 가혹하게 탄압했다. 디드로에게 모욕을 당했다고 생각했던 뒤프레 드 생모르 부인이 다르장송 공작을 이용해서 『맹인에 대한 편지』의 저자에게 복수하게끔 했던 사정이 위와 같다.

디드로가 뱅셴 감옥에 투옥되자, 그를 『백과사전』의 편집 책임자로 임명한 파리 서적상들은 난처해질 수밖에 없었다. 그들은 이 사업의 성공을 확신해서 이미 8만 리브르라는 거금을 투자했다. 감옥에 갇힌 디드로가 일을 진행할 수 없음은 물론이고, 이 사건이 빌미가 되어 그들이 확보했던 『백과사전』의 특허가 철회되어 사업 전체가 좌초될 위기였다. 또한 『백과사전』은 미리 구독자를 확보해 비용을 충당하는 구조로 이루어질 텐데, 평판이 나빠지면 출판업자들이 기대한 수익을 올리지 못할 수도 있었다. 결국 서적상들의 청원으로 디드로는 더는 위험한 책을 출판하지 않겠다는 조건으로 석방된다. 그리고 디드로는 『백과사전』 작업을 끝낼 때까지 이 약속을 지킨다. 다시 감옥에 갇힐 것이 두려워서가 아니라, 자칫 자신이 책임을 맡은 『백과사전』사업이 중단될 것을 걱정해서였다. 『농아에 대한 편지』에서 그가 언급한 키케로의 인용문처럼 "두려워서가 아니라 신중했기 때문이다". 디드로는 『백과사전』을 완간한 뒤 1778년에 『세네카에 대한 에세 (Essai sur Sénèque)』를 출판할 때까지 어떤 저작도 공식적인 경로로 출판하지 않았다.

이제 디드로가 『백과사전』의 첫 번째 권을 끝내고 두 번째 권을 준비하기 전에 『농아에 대한 편지』를 쓰게 되었던 상황으로 돌아가보자. 확실히 디드로가 이 편지의 수신인으로 샤를 바퇴 신부를 선택한 것이 우연은 아닐 것이다. 이 시기는 샤를 바퇴가 콜레주드프랑스의 그리스와 라틴 철학 정교수로 임명된 때와 일치한다. 디드로는 재기 없는 한 평범한 수사학자가 고대 철학 교수직에 임명된 것이 불만이었을 수 있다. 디드로 연구자 자크 슈이예는 『농아에 대한 편지』에서 바퇴의 역할을 무시해서도 안 되고 과장해서도 안 된다*고 봤지만, 무엇보다 '도치'의 문제를 중점적으로 다루는 이 편지에서 디드로가 이 주제를 제대로 이해하려면 '철학자'가 되어야 한다고 말하면서 암시적으로 바퇴가 콜레주드프랑스의 고대 철학 교수가 될 자격이 있는지 묻고 있는 것임을 지적하지 않을 수 없다. 바퇴에 대한 디드로의 은근하면서도 노골적인 경멸

---

* 자크 슈이예(Jacques Chouillet), 「서문(Introduction)」(DPV IV권, 1978), 112쪽.

의 어조는 곳곳에 드러난다. 한 예로 디드로는 이 『편지』에서 에픽테토스를 세 번 인용하는데(그중 첫 번째는 디드로가 제논의 말로 착각한 것이다), 세 번의 인용문이 모두 직간접적으로 '철학자'와 관련된 이야기인 것은 우연이 아니다. 첫 번째 인용문은 "철학자가 되고 싶으면 웃음거리가 될 작정을 하라"(26쪽)는 뜻이었다. 디드로는 에픽테토스를 빌어 바퇴에게 "철학자가 되고 싶으면 웃음거리가 되"는 일을 피하지 말라고 은근슬쩍 충고하고 있다. 두 번째 인용문은 그리스어의 미확정 시제인 아오리스트 시제를 설명하는 부분에 등장하는데, 디드로는 그리스어로 직접 인용하면서 이 그리스어 시제에 대한 "수많은 사례가 있지만 선생님께서 다른 것보다 잘 모르실 사례를 하나 인용"(46쪽)하겠다고 말한다. 이 말은 콜레주드프랑스의 그리스 라틴 철학 교수에게 모욕적으로 들리지 않겠는가? 더욱이 그때 인용한 인용문의 내용은 "이 사람들 역시 철학자이고 싶어 한다"였다. 마지막 인용문은 그리스어와 라틴어, 프랑스어 문장을 비교하기 위해 가져온 것인데, 역시 내용은 "아카데미프랑세즈의 일원이 되고 싶습니까? 저 역시 그렇습니다"(63쪽)와 같다. 물론 디드로는 이 말에 "[그 영예를] 자신이 받아 마땅하다고 느낀다면 말입니다"를 덧붙여 아카데미프랑세즈에 입회하고자 애쓰고 있던 바퇴를 조롱하고 있다. 결국 아카데미프랑세즈 회원직은 1754년 바퇴에게 돌아가게 되었지만 말이다.

그러나 디드로가 이 편지를 단순히 바퇴에 대한 개

인적인 적의 때문에 썼다고 봐서는 안 될 것이다. 물론 디드로는 바퇴가 '도치'의 문제를 잘못 이해했다고 생각한다. 하지만 도치의 주제를 다루고자 했다면 "콩디야크 신부나 뒤 마르세 씨에게 편지를 드릴 수도 있었"(19쪽)다. 그들 역시 "도치를 주제로 다뤘"(19~20쪽)기 때문이다. 그럼에도 디드로가 이 문제를 논의하는 데 콩디야크나 뒤 마르세보다 바퇴를 끌어들인 것은 바퇴의 논의에 중대한 허점이 있었기 때문이고, 이는 단지 '도치'의 문제뿐 아니라 그가 예술의 세 분과, 시, 회화, 음악을 종합하고자 하는 야심으로 쓴 『하나의 원칙으로 환원된 예술』(1746)의 "결함"으로 이어지기 때문이다. 디드로는 『농아에 대한 편지』의 마지막 부분에서 바퇴에게 "책머리에 아름다운 자연(la belle nature)이라는 것이 무엇인지 설명하는 한 장을 반드시 실"(93쪽)으라고 점잖게 충고한다. 바퇴는 『하나의 원칙으로 환원된 예술』에서 시, 음악, 회화는 모두 자연을 모방한다는 "하나의 원칙으로 환원"되지만, 그때 자연은 결함을 그대로 갖고 우연적인 성격을 갖춘 것이어서는 안 되고, 그 너머에 있는 "아름다운 자연"이어야 한다고 주장한다. 그러나 디드로에 따르면 바퇴는 보통의 자연과 구분되어야 하는 "아름다운 자연"이 무엇인지 정의하지 않았다.

그런데 디드로의 비판은 이것이 단순한 누락이 아니라는 데 있다. 바퇴의 "아름다운 자연의 모방"은 결국 아리스토텔레스주의 철학에서 말하는 형상(la Forme)의

186

모방의 다른 표현에 불과하다. 아리스토텔레스 형이상학에서는 보편적 본질은 개별 존재에 내재하고, 이들 존재는 보편적 본질이라는 최종 목적을 실현하기 위해 나아간다고 본다. 따라서 개체의 본성에서는 다양성과 우연성이 배제되어야 하고, 그렇게 추상화된 실체가 하나의 '종(種)'의 특질을 이루게 된다.* 바퇴 역시 "아름다운 자연"의 개념을 내세워, 예술가들이 개별 존재에 내재한 본질적 형상을 파악하여 이를 완전히 구현해야 한다는 원칙을 강조한다. 그러나 디드로는 바퇴에게 예술가들이 모방의 대상으로 삼아야 하는 '아름다운 자연'이 실제로 존재하는지 묻는다. 바퇴는 최종 목적으로서의 아름다운 자연을 전제하고, 우리의 감각이 포착하는 자연(physique)은 항상 그것의 초월적(métaphysique) 형상인 아름다운 자연의 아래에 놓인다고 본다. 디드로는 바퇴의 이러한 논의가 당대 지배적 사상이었던 아리스토텔레스주의 철학을 통속화한 것에 불과하다고 본다. 사실은 '자연이 전부'이고 '아름다운 자연'은 물리적 자연에 대한 축적된 경험을 토대로 나중에 추상화·개념화한 것이기 때문이다.

　　디드로가 이 편지를 '실체'에 대한 바퇴와 자신의 상반된 정의로 시작하는 것이 이 때문이다. '물체'를 아리스토텔레스주의 철학에 근거한 바퇴가 정의한다면 보편적

---

* 이충훈, 「형상과 기형—디드로의 회화 이론과 미학 사상 연구(La forme et la difformité—une étude de l'esthétique picturale diderotienne)」(『불어불문학연구』 90집, 2012), 290, 310쪽 참조.

본질인 '실체'라는 실사가 먼저 나오고 그것의 감각 자질의 지각의 결과로 얻게 될 우연적인 속성을 나타내는 형용사가 그 뒤에 올 것이다. 그러나 로크의 경험론과 콩디야크의 감각론을 따르는 디드로는 감각 자질의 지각이 먼저이고, 그것의 추상화는 차후의 일임을 들어 형용사들이 실사 앞에 오는 것을 '자연적' 순서로 본다.

여기서 디드로는 바퇴를 구실로 삼아 프랑스 고전주의 시대 문법 이론의 오류를 논박한다. '도치'라는 말이 문장 속 단어의 [자연적인] 배치를 바꾸는 것이라면, 이는 단어의 순서들을 규정하는 '고정된 순서'가 이미 존재한다는 것을 전제로 한다. 뒤 마르세의 뒤를 이어 『백과사전』의 '문법' 항목을 맡아 쓴 보제는 '도치' 항목에서 "모든 도치는 원시적이고 근본적인 순서를 전제하며, 이 원시적인 순서와 관련하지 않고서는 어떤 배치도 도치라고 할 수 없다"*고 말했음을 생각해보자. 다시 말하면 도치는 문장 요소들의 '자연적'인 순서가 전도(顚倒, renversement)된 것을 가리킨다. 그러므로 도치의 주제를 다루기에 앞서 문장에서 도치가 이루어지기 전의 '자연적인 순서'가 무엇인지부터 밝혀야 한다. 17세기 프랑스 포르루아얄 문법가들은 관념을 이성이 파악한 순서에 따라 재구성한 것을 '자연적' 순서로 보았다. 이 경우 '도치'는 자연적 순서를 뒤섞은 것이므로 남용해서는 안 된다. 얀센파 문법학

* 니콜라 보제(Nicolas Beauzée), '도치' 항목, 『백과사전』 VIII권, 852쪽.

자 랑슬로는 문헌상 최초로 '도치'를 규정한 퀸틸리아누스를 언급하면서 도치(hyperbate)는 "단어를 뒤섞고 혼란에 빠뜨리는 것으로 모든 언어에 공통된 [문장] 구성의 자연적인 순서를 위반"*한다고 생각했다. 17세기 프랑스 문법가들은 문장의 자연적 순서(naturalis ordo)를 지키는 언어(프랑스어)에 도치를 허용하는(ordo artificialis) 언어들(그리스어, 라틴어, 이탈리아어 등)보다 더 '단순'하고 더 '명확'하게 관념을 표현할 수 있는 장점이 있으므로 우월하다고 본다.

한편 18세기 초 영국 철학자 로크와 그의 철학을 수용한 콩디야크의 감각론은 이성보다 감각이 우위에 있다고 본다. 우리는 태어날 때부터 관념을 이성이 파악한 순서에 따라 분해하고 재구성하는 것이 아니라, 우리가 갖는 최초의 관념은 감각에서 비롯한 것이므로 최초의 자연적인 언어는 지각된 감각 작용을 상대방과 교환하기 위해 고안되었다고 본다. 그러므로 문장의 '자연적인' 순서는 자극된 정념의 순서이고, 반대로 논리적 이성이 파악하는 순서는 '인위적(conventionel)'이고 '제도적(institutionnel)'이고 '교육적(didactique)'이다. 그 결과 프랑스어는 가장 자연적인 언어가 아니라, 가장 인위적인 언어이며, 추상적인 학문에 적합한 만큼 시와 웅변에 적합하지 않은 언어로 간주되었다.

* 클로드 랑슬로(Claude Lancelot), 『라틴어를 쉽게 배우기 위한 새로운 방법(Nouvelle méthode pour apprendre facilement la langue latine)』(들론[Delaulne], 1741), 557쪽.

그러므로 '도치'의 문제는 철학의 어떤 관점을 따르느냐에 따라 시각차가 생긴다. 디드로가 도치의 주제를 다루는 데 [올바른] 철학이 필요하다고 생각한 것이 이런 이유이다. 아리스토텔레스주의 철학의 관점에서 '자연적' 순서인 것이 다른 철학의 관점에 따르는 사람들에게는 '인위적'일 수 있고, 또 그 반대의 경우도 있기 때문이다. 또한 이 문제를 단지 프랑스어와 라틴어의 특징적인 문장 구성에 비추어 검토하는 것도 잘못이다. 우리는 이미 모국어에 익숙하기 때문에 모국어의 규정적인 순서를 '자연적'이라고 생각하는 경향이 있기 때문이다. 그래서 포르루아얄 문법가들은 빈번히 도치를 사용하는 그리스어와 라틴어보다 순서가 고정된 프랑스어의 구성이 더 자연스럽다고 믿었다.

그런데 바퇴는 포르루아얄 문법가들과는 반대로 생각한다. 그는 돌리베 신부에게 보낸 『프랑스어 문장에 대한 편지』에서 특이하게도 그리스어와 라틴어가 자연적인 순서를 따르고 프랑스어 구문은 도치되었다고 주장한다. 바퇴는 '내게 빵을 달라'는 문장을 몸짓으로 표현한다면 당연히 내가 필요로 하는 대상인 '빵'이 먼저 나오고, [빵을 받게 될] '나[에게]'는 나중에 올 것이라고 본다. 그래서 라틴어에서는 "panem prabe mihi(빵을 달라 나에게)"로 말하지만, 프랑스어에서는 이를 "donnez-moi du pain(달라 나에게 빵을)"와 같이 써서 '빵'보다 '나[에게]'를 먼저 표시한다. 바퇴는 말하는 사람은 자기 '이득(intérêt)'을 위해 그의 말을 듣는 사람에게 말을 하게 마련이고, 그 이득은 말하는 사람의 관념과 말을 듣는 사람의 관념이 서로 '일치'할 때 얻을 수 있다고 보았다. 그래서 라틴어는 '빵'을 얻는 것이 목적인 문장에서 '빵'이 '나[에게]'보다 앞에 나오는 순서를 취했으므로 자연적이고, 프랑스어는 이 순서를 위반했으니 '도치'를 사용한 것이다.*

디드로는 바퇴의 위의 논의를 직접 지적하는 대신, 언어(langue [maternelle])에 대한 지식이 전혀 없는 선천적 농아의 예를 들어 은근히 반박한다. 디드로는 선천적 농아와 함께 식탁에 앉아 있었을 때, 농아가 하인더러 디드로의 빈 물 잔을 채우라는 신호를 어떻게 하는지 관찰한다. 농아는 "우선 하인에게 신호를 합니다. 그리고 저를 쳐다봅니다. 그다음에 팔을 움직이고 오른손을 써서 마실 물을 따르는 사람의 동작을 흉내 냅니다."(41쪽) 이를 기호로 바꿔보면 "하인[은] 디드로[에게] [마실 물을] 따르다"와 같다. 농아는 몸짓언어만으로 관념을 표현하므로 명사의 격도 동사의 시제도 나타낼 수 없고 행위의 주체와 객체, 지시 대상, 행동만을 몸짓 기호로 가리킬 것이다. 디드로는 "이 문장에서 마지막 두 기호 가운데 어떤 것이 다른 기호보다 앞에 오는지 뒤에 오는지는 상관이 없다시피 합니다. 농아는 하인에게 신호를 한 다음에, 시킬 일을

---

* 샤를 바퇴, 「라틴어 문장과 비교한 프랑스어 문장에 대한 편지(Lettres sur la phrase française comparée avec la phrase latine)」, 『문예 강의(Cours de belles-lettres)』 II권, 드생 에 사양(Desaint & Saillant), 1748, 18쪽.

가리키는 기호부터 배치하거나 그 메시지가 향하는 사람을 나타내는 기호를 배치할 수 있습니다. 하지만 첫 번째 몸짓의 자리는 고정되어 있습니다. 그 자리를 바꿀 수 있는 사람은 논리력이 없는 농아뿐입니다"(41쪽)라고 말한다. 즉 디드로는 선천적 농아의 사례를 들어 언어가 형성되고 완성되기 이전의 관념의 '자연적 순서'를 규정하고자 한다. '[물을] 따르다'와 '디드로[에게]'는 어떤 순서라도 상관없다. 이 "두 몸짓의 순서를 배치하는 것은 아마 정확성의 문제이기보다는 취향, 일시적인 기분, 예법, 듣기 좋게 이루어진 조화, 장식, 스타일의 문제"(41쪽)이지만, '[물을] 따르다'의 주어인 '하인'의 자리만은 프랑스어도 라틴어도 전혀 배운 적이 없는 농아에게도 이미 확정되어 있다.

이제 디드로는 위에서처럼 짧고 단순한 관념을 표현한 문장이 아니라 대단히 복잡하고 웅변적인 문장의 분석으로 옮겨간다. 그가 든 예는 키케로의 「마르켈루스를 위한 연설」의 첫 문장이다. 키케로는 이 문장을 'Diuturni silentii(오랜 침묵의)'로 시작했다. 청중은 이 수식어구를 들을 때 당연히 수식을 받게 될 명사를 기다리게 된다. 그러나 형용사구 '오랜 침묵의' 다음에는 호격으로 '원로원 여러분(Patres Conscripti)'이 나오고, 그 뒤에 앞에 등장한 '침묵'을 선행사로 하여 관계대명사 'quo'로 이어지는 형용사절 '최근 내 규칙이었던(quo eram his empribus usus)'이 이어진다. 키케로가 그 규칙을 따른 것은 '두려워서가 아니라(non timore aliquo)' '고통스럽고(sed partim

192

dolore)' '신중했기 때문(partim verecundia)'이다. 그리고 이 도미문의 마지막 부분에 '오늘 그 끝을 보았습니다(finem hodiernus dies attulit)'가 나온다. 그러므로 'Diuturni silentii'의 수식을 받는 명사는 도미문 말미의 '끝(finem)'이다. 키케로는 '오랜 침묵의'라고 운을 뗀 뒤, 청중을 한참 기다리게 한 뒤, 마지막에 가서야 [그] 침묵의 '끝'을 선언한다. 그는 여기서 "속격을 써서 중단을 표시"(52쪽)했던 것이다. 바퇴는 『프랑스어 문장에 대한 편지』에서 라틴어는 자연적 순서를 따르고 프랑스어는 빈번히 도치를 사용한다는 자신의 주장을 뒷받침하는 사례로 키케로의 이 문장을 인용했다.

케사르가 마르켈루스를 용서해준 것에 대해 키케로가 감사의 뜻을 표현하기 위해, 오랫동안 침묵을 지켰던 것처럼 자리에서 일어났을 때 이는 새로운 것처럼 보일 수 있다. 이는 듣는 사람의 정신에 제시된 첫 번째 대상이다. 그래서 웅변가 키케로는 첫마디부터 "Diuturni silentii" 운운으로 시작한 것이다. 듣는 사람의 두 번째 생각은 왜 그가 오랫동안 침묵했는지에 대한 것이다. 두려워서였을 수 있다. 그러나 웅변가는 쫓기고자 하지 않는다. 그는 두려움이 아니라 'non timore aliquo'라는 관념을 제거한다. 그러니까 진짜 이유는 무엇인가? 고통과 신중(partim dolore, partim vercundi)이다. 그러므로 이들 생각 사이에는 말하는 사람과 듣는 사람에게 동일한 한 가지 원칙이 규정하는 자연적인 순서가 있다.(49쪽 주석)*

바퇴의 설명에 따르면, 키케로는 청중에게 자신이 오랫동안 침묵했다는 관념을 제시하는 것으로 연설을 시작했다. 이때 청중은 키케로가 왜 침묵했는지 궁금할 것이다. 대부분 침묵의 원인은 '두려움'이라고 생각할 수 있다. 키케로는 두려움이 아니라 '고통과 신중'이 원인이었다고 설명한다. 바퇴는 키케로가 위와 같이 문장을 구성한 까닭은 자신의 말을 듣는 사람이 머릿속에 차례로 갖게 될 순서를 따랐기 때문이며, 그러므로 이 문장에는 도치가 없다고 보았다.

디드로의 반박은 왜 키케로가 목적격으로 'Diuturnum silentium'라고 쓰지 않고 속격으로 'Diuturni silentii'라고 썼는가 하는 것이다. 키케로는 'finem diuturni silentii(오랜 침묵의 끝)'이라고 쓰지 않고, 형용사구를 먼저 쓴 뒤, 수식을 받는 명사는 문장 뒤로 보내 청중이 수식을 받게 될 실사를 끝까지 기다리게 했다. 디드로에 따르면 바퇴가 말하듯 '말하는 사람과 말을 듣는 사람의 관념의 일치'가 아니라, 이 도미문이 제시하는 '오랜 침묵[의]'과 '[그 침묵의] 끝'이라는 두 관념 중 어느 것이 주된

* 바퇴, 같은 책, 20쪽.

194

관념이고, 어느 것이 보조 관념인지 파악하는 것이 문제이다.* 키케로는 자신이 오랫동안 '침묵'해왔다는 것이 아니라, 그 침묵을 오늘 '끝냈다'는 것을 주관념으로 제시했다. 그래서 키케로의 도치는 바퇴의 주장대로 말하는 사람과 듣는 사람의 관념이 일치한 것이 아니라, 거꾸로 된 것이다. 듣는 사람은 키케로의 '오랜 침묵'의 원인을 알고자 하지만, 키케로가 말하는 것은 그 침묵의 '끝'이기 때문이다. "그러니까 키케로의 청중에게는 도치가 아니었던 것이 키케로에게는 도치임에 틀림없"(52쪽)는 것이다. 그래서 키케로가 로마가 아니라 마르켈수스가 유배되어 있던 카르타고에서 연설을 했다면 "이 도미문은 완전히 다른 식으로 배치될 수도 있었"(52쪽)다. 키케로가 침묵한 원인이 궁금했던 로마의 청중과는 반대로, 카르타고의 청중은 키케로가 그 침묵의 '끝'을 선언한 것에 더 주의를 기울일 것이다. 그러므로 키케로가 똑같은 내용으로 카르타고에서 연설했다면 그는 '오랜 침묵'에 앞서 '[그 침묵의] 끝'을 문두에 배치할 수 있지 않았겠는가.

디드로는 『편지』의 뒷부분에서 도치의 문제를 더는 언급하지 않는다. 애초에 프랑스어가 자연적인 순서를 따르는

---

* 이 부분에서 디드로는 '뱀을 피하라(serpentem fuge)'라는 말을 예로 든다. 여기서 바퇴는 '뱀'이 주관념이므로 라틴어에 도치가 없고, 프랑스어 'fuyez le serpent(피하라 뱀을)'에는 도치가 있다고 주장했다. 그러나 내가 혹시라도 뱀에 물리면 어쩌나 걱정하는 사람에게는 뱀보다 내가 '도망'하는 것이 더 주된 관념일 수도 있다(50쪽).

가, 라틴어가 자연적인 순서를 따르는가와 같은 질문은 잘못 제기된 것임을 밝혔기 때문이다. 물론 디드로는 관념이 발화되는 '자연적인 순서'가 존재하고, 이 순서를 이해하기 위해서는 언어의 기원으로 거슬러 올라가, 언어가 형성되고 완성되어온 전 역사를 고려해야 한다고 생각한다. 그래서 말하는 주체가 감각 작용을 통해 외부 세계를 수용하고 이를 대화 상대자와 교환하는 방식에 대해 이해해야 한다. 그러나 주목해야 할 점은 처음부터 관념은 개별 요소로 '분리 불가능'했다는 데 있다. 언어는 관념을 구성 요소로 '분해'하고 이를 문장의 형식으로 순차적으로 '재구성'한다. "나뉠 수 없는 한순간의 마음 상태가 수많은 용어들로 표현"되고, "언어를 정확히 말하기 위해 이 용어들을 쓰지 않을 수 없었으며, 그것으로 전체적인 한 가지 마음의 작용이 부분들로 배열되는 것"(60쪽)이다. 흔히 "내 마음을 열어 보여줄 수 있다면!" 하며 제 마음 상태를 언어로 표현할 수 없음을 아쉬워한다. 그것은 '나뉠 수 없는' 마음의 상태가 대화 상대자에게 있는 그대로 전달되기 위해서는 '분해'와 '재구성'의 과정을 거치지 않을 수 없고, 그런 과정을 거쳤을 때 마음의 뜨거운 감정은 싸늘하게 식어버리기 때문이다. 그런데 이것이 시와 음악이 공통적으로 부딪히는 물리적 한계이다. 마음의 상태를 전체적이고 즉각적인 이미지로 표현하는 회화는 사정이 다르다. 적어도 회화에서 관객의 시선이 포착하는 이미지에는 모호한 데가 없고, 반응은 단번에 일어난다. 그래서 디드로는 이 편지의 후반부를 시각 예술과 청각 예술, 공간 예술과 시간 예술의 구분에 할애한다. 이 구분은 이미 레오나르도 다 빈치가 제기한 것이고, 18세기 초반에 프랑스의 뒤 보스 신부가 구체화했으며, 독일의 극작가 레싱은 1766년에『라오콘』에서 이 문제를 재론할 것이다.* 특히 뒤 보스는 회화와 시의 근본 차이를 두 예술이 사용하는 기호들의 차이에서 찾았다. 그는 회화는 자연적인 기호(signes naturels)를 사용하고, 시는 인공적인 기호(signes artificiels)를 사용한다고 보았다.

그림에서 우리에게 말하기 위해 사용되는 기호는 시에서 사용되는 단어들이 그러한바, 자의적이고 관

---

* 고트홀트 에프라임 레싱(Gotthold Ephraim Lessing)은 『라오콘(Laokoon)』에서 "문학의 그림(tableau poétique)이 반드시 화가의 그림을 가능하게 해주지는 않는다"고 주장한다. "우리가 지금 문학의 그림이라고 부르는 것을 고대인들은 '판타스마(phantasme)'라고 했다. 우리는 이를 롱기누스에게서 찾아볼 수 있다. 그리고 우리가 착시라고 부르는 것을 고대인들은 '에나르게이아(enargeia)'라고 했다. 플루타르코스의 언급을 따른다면, 이것이 왜 어떤 이가 문학의 판타스마는 에나르게이아가 있기 때문에 백일몽에 속하는 것이라고 했는가 하는 이유다. 나는 시에 대한 연구에서 이러한 용어들을 사용하고 '그림(tableau)'이라는 말을 사용하지 말았으면 좋겠다. 그랬다면 시론들은 우리에게 진실인 것보다는 거짓인 수많은 규칙들을 면제해주었을 것이다. 이 규칙들의 본래 토대가 자의적인 말이 암시하는 바에 달렸기에 그렇다. 또 그랬다면 문학의 판타스마를 화가의 그림의 한도 내에 붙잡아둘 수 있으리라고 그리 쉽게 생각할 수도 없었을 것이다. 문학의 그림이라는 말을 판타스마에 부여했기 때문에 오류 속에 들어섰던 것이다."(레싱, 『라오콘』 XIV권, 쿠르탱[Courtin] 옮김, 에르만[Hermann], 1990, 118쪽) 레싱은 문학 이미지의 작용과 회화 이미지의 작용이 별개라고 본다. 시인이 구현한 이미지는 말로 표현되며, 말은 음성을 통해 독자에게 전달된다. 문학의 이미지는 순차적으로 전개되어야 하므로 회화에서 화가가 하나의 화촉에 구현하는 전체적이고 즉각적인 이미지와 다르다. 이충훈, 「디드로의 그림 개념의 연구」(『서강인문논총』 26집, 2009), 290~291쪽 참조.

습적인 기호가 아니다. 그림은 자연적인 기호를 사용하는데 이 기호들의 에너지는 교육에 의존하지 않는다. (…) 내가 그림이 기호를 사용한다고 말할 때 아마 나는 정확하게 말하는 것이 아닐지 모른다. 그림이 우리 눈앞에 두는 것은 바로 자연 자체이기 때문이다. 우리의 정신이 잘못 보지 않을 수 있다고 해도 적어도 우리의 감각은 여기서 착각을 한다.*

그렇다면 뒤 보스와 디드로는 시에 대한 회화의 우위를 선언하는 것일까? 그보다 서양 예술의 규범이 된 호라티우스의 "시는 회화와 같이(Ut pictura poesis)"를 문제 삼는다고 생각해야 할 것이다. 시, 음악, 회화는 '각자의 방식으로' 자연을 모방한다. 각각의 예술이 모두 '자연을 모방'한다는 점을 재확인하는 것이 문제가 아니라, 예술가들이 서로 다른 방식으로 작업한다는 점이 중요하다. 이들이 사용하는 기호들이 서로 다른 까닭이다. "화가가 눈으로 단번에 전체적으로 파악한 것을 [시인의] 붓은 시간이 흐름에 따라 그려"(60쪽)낸다. 앞서 말했듯, 관념을 순차적으로 제시하기 위해 이를 각각의 요소로 분해할 수밖에 없는 시인은 즉각적으로 발생하는 강렬한 감동의 면에

---

* 뒤 보스 신부(L'Abbé Du Bos), 『회화와 시에 대한 비판적 성찰(Réflexions critiques sur la peinture et sur la poésie)』(1719), 도미니크 데지라(Dominique Désirat) 편집, 에콜 노르말 쉬페리외르 데 보자르(Ecole nationale supérieure des Beaux-Arts), 1993, 133~134쪽.

서 화가보다 못할 수밖에 없다. 그러나 키케로의 인용문에서처럼 관념들을 전혀 다른 방식으로 도치하면서 시인은 청중에게 '놀라움'의 감정을 불러일으킨다. "간혹 귀를 어리둥절하게 해주어야 상상력을 놀라게 하고 만족시켜주게"(70쪽) 되기 때문이다. 이때 시인은 도치를 통해 나뉠 수 없는 관념을 단번에 직접적으로 표현하는 회화 이미지의 힘을 획득하게 된다. 위대한 시가 시인이 사용하는 언어의 결함을 단번에 극복하는 까닭이 여기 있다. 시인은 "사물이 말해지자마자 동시에 재현되고, 이해력으로 그 사물을 포착함과 동시에 마음이 움직이고, 상상력으로 그 사물을 보고, 귀로는 들을 수 있게 되"(71쪽)도록 애쓰며, 그렇게 창조된 시는 '마법처럼' 청중과 독자의 마음속에 시인의 감정, 사유, 사상을 고스란히 재현해준다.

그렇다면 그 '마법'은 어디에서 오는가? 도대체 무엇이 청중의 귀와 정신을 홀려 꿈꾸듯, 환상을 보듯 만드는가? 『농아에 대한 편지』에서 디드로는 그것을 잠정적으로 "상형문자(les hiéroglyphes)"로 정의한다.* 그는 이 책에서 이를 이 시기에 상형문자라는 말이 가졌던 다양한 의미로 이해하는 것 같다. 『백과사전』에서 드 조쿠르는 상형문자를 우선 "그림으로 나타낸 표기법"**으로 정의한 뒤, 이 문자는 흔히 생각하듯 "이집트 사제들이 학문의 심오한 비의를 민중에게 숨기기 위해" 고안된 것이 아니

* 디드로는 이후 이 용어를 다시 사용하지 않는다.
** 루이 드 조쿠르(Louis de Jaucourt), '상형문자' 항목, 『백과사전』 VIII권, 205쪽.

라, "사유를 형상의 방식을 통해 남기기 위한 것"*이었다고 보았다. 이 편지에서 시가 어떻게 회화의 힘을 가질 수 있는지 고민했던 디드로는 언어의 기원으로 거슬러 올라가 관념을 구성하는 여러 요소를 '거의' 동시에 표현해주는 "표기법"을 생각했고, 고대인들이 고안해냈던 "상형문자"가 하나의 사례가 될 수 있다고 보았다. 디드로는 상형문자를 자연의 대상을 고스란히 그 이미지로 재현한 것이 아니라, 벌써 이미지 "기호"로 보았다. 그가 시적 상징을 "상형문자"에 비유한 것은 첫째, 그것이 [지금까지 알려진 바] 언어의 기원에 가장 가까운 원시적인 기호의 형태로서, 회화의 장점으로 언어의 결함을 보충했던 한 가지 사례이며, 둘째, 관념의 구성 요소를 "[상형문자들이] 층층이 겹쳐 (…) 직물로 만들어준"(71쪽) 것이기 때문이다. 고대인들은 문장을 구성하는 요소들이 시간의 흐름에 따라 순차적으로 연쇄될 수밖에 없는 언어의 한계를, 상형문자의 방법을 이용하여 그 요소들을 동시에 [지각하게끔] 쌓아올렸다. 고대인들이 보다 세분된 현대인들의 어휘도, 정신의 섬세한 작용을 표현할 수 있도록 고안된 문법도 갖지 못했으면서도, 그들의 시와 웅변에서 놀라운 효과를 만들어낼 수 있었던 까닭이 여기 있다. 이 점에 대한 대표적인 사례는 루소의 『언어 기원론』에 나온다. 스키타이로 원정을 떠난 다리우스는 "개구리 한 마리, 새 한 마리,

* 같은 곳.

쥐 한 마리, 화살촉 다섯 개"를 편지로 받았는데 "이 끔찍한 연설을 이해하고 다리우스는 서둘러 본국으로 철수했다."* 여기서 개구리 한 마리, 새 한 마리 자체는 아무 의미가 없지만, 이들 전체가 모였을 때 각각의 요소는 의미를 형성하고 말로 된 문장보다 더 큰 효과를 낸다. 스키타이 왕의 편지는 이미 완전히 형성을 끝낸 언어 체계에 익숙한 현대인들은 이해할 수 없는 것이지만, 언어의 이러한 불완전함이 역설적으로 언어가 가질 수 있는 가장 강렬한 효과를 가능하게 했다.** 그러므로 어떤 언어가 다른 언어에 비해 우월하다고 말하는 일이 얼마나 우스꽝스러운 일인가. 설령 한 언어가 일반적으로 다른 언어보다 시와 웅변에 적합할 수는 있더라도, 회화가 관객에게 불러일으키는 동시성과 즉각성을 얻기에는 턱없이 부족하지 않은가. 또한 모든 회화가 항상 시보다 뛰어난 것은 아니고, 그 반대도 정확히 마찬가지이다. 시인, 음악가, 화가들은 모두 자기가 사용하는 수단이 갖는 물리적 한계를 아쉬워하면서 그들의 재능과 천재로 결국 그 한계를 훌쩍 극복해낸다. 그리고 그들이 한계를 극복한 만큼, 그 나라 언어와 취향, 그 민족의 정신은 어느 민족도 모방할 수 없을 만큼 깊어진다.

이제 『편지』에서 디드로가 전개한 음악의 문제가 남았다. 비록 이 편지에서 음악에 대한 디드로의 설명이 모

* 루소, 『언어 기원론』(주경복·고봉만 옮김, 책세상, 2002), 20쪽.
** 이충훈, 「디드로의 그림 개념의 연구」(서강인문논총 26집, 2009), 298쪽 참조.

호하고 충분해 보이지 않는다 해도, 화성(l'harmonie)의 여러 문제들이 직간접적으로 끊임없이 제시되었음을 기억해야 한다. 디드로는 키케로를 예로 들어 "자연적인 순서를 희생하여 문체의 조화를 추구"(68쪽)하는 문제를 다룬 뒤, 잠시 화성학의 주제로 넘어간다. 그는 시와 웅변에서 "문체의 조화"에 해당하는 것이 음악에서는 무엇이 될지 생각해보다가 그것이 "화음의 전위(renversement des accords)"일 것이라고 결론 내린다. 언어의 도치가 문장 구성 요소들이 갖는 자연적 순서의 '전도(renversement)'라면, 음악에 해당하는 도치는 음들이 갖는 자연적 순서의 '전위'임에 틀림없다. 그렇다면 음들의 '자연적 순서'는 무엇인가? 여기서 음향학의 기본 원리를 잠시 살펴보자.

하나의 현(絃)을 퉁길 때 어떤 소리가 들리고, 이를 주음(主音, le son principal)이라고 하자. 그런데 현이 공명할 때 주음 외에도 다른 음들이 발생한다. 그렇게 발생한 음은 주음의 열두 번째 음(한 옥타브 위의 5도 음)과 열일곱 번째 음(두 옥타브 위의 3도 음)을 발생시킨다. 우리 귀는 한 현을 진동시켰을 때 분명히 이 세 음이 발생하는 것을 듣게 되며, 이를 가리켜 배음(les sons harmoniques)이라고 한다.* 18세기 음악 이론가 및 작곡가 장필리프 라

* 그러나 실제로 음원이 공명했을 경우 이 세 음만이 아니라, 거의 무한에 가까울 정도로 다른 음들이 발생한다. 다만 그 음들이 너무 약하기 때문에 우리 귀에 들리지 않을 뿐이다. 루소는 「라모 씨가 내놓은 두 가지 원칙에 대한 검토」에서 장 필립 라모의 이론을 다음과 같이 논박한다. "제일 먼저 주목해야 할 점은 라모 씨가 화성 전체를 음원의 공명에서 이끌어낸 점이다. 음은 무엇이든 동시적이거나 부수적인 세 개의 다른

202

모(Jean-Philippe Rameau)는 이 세 음의 옥타브를 제거한다면 주음과 주음의 5도와 3도가 되는 '자연적' 화음을 얻을 수 있다는 사실에서 출발한다. 주음을 '도'라고 한다면 이 세 음은 도, 미, 솔이며, 이것이 으뜸화음을 이룬다. 모든 음이 '자연적으로' 그 음의 5도와 3도를 동반하고, 이 세 음은 어울렸을 때 듣기 좋게 조화를 이룬다(harmonieux). 그래서 성악이나 기악의 한 파트에서 한 음은 자연적으로 그 근본저음(basse fondamentale)을 갖게 되고, 베이스를 담당하는 악기는 세 근본저음을 연주하여 상위 파트의 음을 떠받치게 된다.

그런데 이런 단순한 구성을 취한 음악은 지나치게 딱딱하고 단조롭게 느껴지게 마련이다. 그래서 음악가들은 반주 파트에서 근본저음을 '전위'시킨 형태의 '통주저음(basse continue)'을 시도하여 "더욱 노래하는 듯한 표현"(68쪽)을 만들어낼 수 있다. 예를 들면 완전화음 도, 미, 솔, 도를 미, 솔, 도, 미처럼 3도, 4도, 6도, 옥타브로 쓰거나, 솔, 도, 미, 솔처럼 4도, 6도, 옥타브로 쓰는 경우, 그리고 7도 화음 솔, 시, 레, 파를 레, 파, 솔, 시로 전위하여 단3도, 2도, 장6도로 쓰거나, 파, 솔, 시, 레처럼 2도, 트리

배음을 동반하며, 이 세 배음이 원음과 완전장3도 화음을 이룬다는 점은 확실하다. 이런 의미에서 화성은 자연적이며, 멜로디 그리고 존재할 수 있는 노래와 떼려야 뗄 수 없다. 음이라면 어떤 것이든 그 음과 완전화음을 이루기 때문이다. 그런데 주음 하나하나에는 이 세 개의 배음 말고도 다른 음이 많이 생긴다. 이렇게 생겨난 것은 배음이 아니고 완전화음에도 속하지 않는다."(루소, 「라모 씨가 내놓은 두 가지 원칙에 대한 검토」, 『전집』 V권, 351쪽)

톤, 6도로 쌓아올리는 경우, 이를 "화음이 전위되었다"*
고 말한다. 이렇게 전위된 음들은 모두 주음에서 비롯하
여 자연적으로 발생하는 화음에 속한 음이지만, 그 순서
가 바뀌었을 때 청중이 기대하는 것과 다른 효과를 만들
어내어 '놀라움'을 불러일으키는 특별한 표현을 가능하게
한다.

디드로가 베르길리우스와 루크레티우스의 시구를
음악으로 표현해보았던 악보(98쪽)를 보면 이 문제를 그
가 어떻게 생각했는지 알 수 있다. 디드로는 여기서 "나
죽어가네, 두 눈에 빛 꺼져가네(je me meurs, à mes yeux
le jour cesse de luire)"에 해당하는 음악적 표현을 찾고
자 한다. 내림마장조를 주조성으로 하는 이 멜로디와 반
주에서 '나(je)'는 멜로디 파트와 베이스에서 모두 '솔' 음
을 취했다. 그런데 베이스에서 솔 위에 적힌 숫자 6은 으
뜸화음 미♭, 솔, 시♭, 미♭이 솔, 시♭, 미♭, 솔로 전위
했다는 표시이다.

그 뒤, 디드로는 점차 눈이 감기며 빛이 잦아들다 결
국 죽음을 맞는 '빛 꺼져가네'를 표현하면서(멜로디 파트
는 c에서 e), 미♭, 레, 도, 시♭, 라♭, 솔로 "순차진행으로
계속 약해지기만"(97쪽) 하다가 첫 음 '솔'로 되돌아와 끝
난다. 이때 마지막 단어 'luire'는 라♭에서 솔로 하행하는
"반음 음정으로 표현"되는데, 이때 'lui-' 음절에 해당하는

* 장 르 롱 달랑베르, 『음악의 기초』(다비드, 1752), 122쪽.

두 개의 이분음표 중 뒤의 것에 종지부를 나타내는 트릴이 붙어 "꺼져가는 빛이 가물거리는 움직임을 대단히 놀랍게 모방"(97쪽)한다.

사실 이것이 베르길리우스와 루크레티우스에게 뽑은 한 시구에 대한 충실한 음악적 '번역'인지에 대해서는 단정적으로 말하기 어렵다. 그러나 디드로는 이들 고대 시인의 "상형문자"를 화성적으로 '해석'하고, 불협화음을 마련하고 풀어주는 방식으로 '번역의 어려움'을 해소하고자 했다. 평범한 재능의 작곡가는 고대 시인의 섬세한 표현을 간과하고 오해하면서 이를 제멋대로 과장하고, 축소하고, 훼손하고, 왜곡할 것이다. 그러나 디드로는 시에서 문자 그대로의 의미만을 강조하거나, 시인의 사상만을 부각하는 것은 제대로 된 번역이 아니라고 생각했다. 위대한 시인의 작품을 다른 언어나 다른 예술 장르로 번역하는 일은 말 그대로 불가능하지만, 그보다 앞서 설령 그 시인이 썼던 언어를 듣고 말하는 사람일지라도 누구나 그의 작품을 이해할 수 있는 것은 아니다. 귀로 듣고 입으로 말할 줄 안다고 누구나 훌륭한 시에 담긴 놀라운 상징을 듣고 그런 시를 쓸 수 있다고 말해서는 안 된다. 지극히 평범한 재능과 흔하디흔한 상투어를 동원해 간신히 의사소통이나 할 수 있는 사람이라면 두말할 것도 없다. 그러나 더 큰 불행은 제대로 이해하고 올바로 판단할 능력이 없는 사람들이 위대한 시인의 작품을 제멋대로 평가한다는 데 있다. 디드로는 "말도 하고 귀도 들리"(15쪽)지만 섬세

205

한 아름다움과 심오한 사상을 듣지도 말하지도 못하는 동시대의 숱한 '농아들'에게 진정한 감식안을 가져줄 것을 이 편지를 써서 요청한다. 그러나 『맹인에 대한 편지』가 큰 논란을 불러일으켰던 반면, 『농아에 대한 편지』에 대한 반응은 『트레부』지의 서평을 제외하곤 미미했다. 디드로가 거론했던 바퇴조차 이 편지에 대해 무반응으로 일관했다. 여러 이유가 있겠지만 이 책이 너무 어려웠기 때문일 것이다. 디드로가 생각했던 것보다 들을 줄 모르고 말할 줄 모르는 농아들이 너무 많았던 탓이 아니겠는가.

이충훈

드니 디드로 연보

1713년—10월 5일, 랑그르에서 태어난다. 가톨릭 집안으로, 그의
아버지 디디에 디드로(Didier Diderot)는 칼을 만드는 장인이었다.

1723년—랑그르의 예수회 학교에 입학한다.

1728년—파리의 루이 르 그랑, 아르쿠르, 보베 학교에 다닌다.

1732년—파리 소르본 대학교에서 수학하기 시작해 3년 후 신학사
자격을 얻는다. 이후 몇 년간 방황하며 아버지와 불화한다. 영어를
익힌다.

1741년—「바퀼라르 다르노에게 보내는 서간 시(Epître Baculard
d'Amaud)」집필. 이 시는 이듬해 독일에서 출간된다.

1742년—5월, 영국 역사학자 템플 스태니언(Temple Stanyan)의
『그리스 역사(L'Histoire de Grèce)』를 번역한다. 책은 이듬해 4월
출간된다.
　　8월, 루소와 콩디야크를 알게 된다.

1743년—11월 6일, 파리에서 안앙투아네트 샹피옹(Anne-Antoi-
nette Champion)과 결혼한다.

1745년—영국 철학자 새프츠베리(Shaftesbury)의 『공(功)과 덕에
대한 에세(Essai sur le mérite et la vertu)』를 번역, 출판한다.

1746년—1월, 출판업자 앙드레 르 브르통(André Le Breton)이 영국 출판사 이프레임 체임버스(Ephraim Chambers)의 『백과사전(Cyclopaedia)』 편집 작업을 디드로에게 의뢰한다. 디드로는 이를 당대의 수학자이자 과학자였던 장 르 롱 달랑베르(Jean Le Rond d'Alembert)와 함께 새로운 사전을 집필하는 쪽으로 발전시킨다.

4월, 『철학 사상(Pensées Philosophiques)』 발간.

이해부터 1748년까지 로버트 제임스(Robert James)의 『의학 사전(Medicinal Dictionary)』 프랑스어판(총 6권)이 주로 디드로의 번역으로 출간되기 시작한다.

1747년—10월, 달랑베르와 함께 『학문, 기술, 직업의 체계적인 백과사전(Encyclopédie, ou dictionnaire raisonné des sciences, des arts et des métiers)』의 편집 책임을 맡는다.

「회의주의자의 산책(La Promenade du sceptique)」 집필.

1748년—1월, 소설 『입 싼 보석들(Les Bijoux indiscrets)』 출간.

5~6월, 『다양한 수학 주제를 다룬 논문집(Mémoires sur différents sujets de mathématiques)』 집필, 출간.

12월, 『외과 의사 모랑에게 보내는 편지(Lettre au chirurgien Morand)』 출간.

1749년—6월, 『눈으로 볼 수 있는 사람들을 위한 맹인에 대한 편지(Lettre sur les aveugles à l'usage de ceux qui voient)』 출간.

7월, 『맹인에 대한 편지』 내용으로 인해 뱅센 감옥에 투옥된다.

11월, 석방.

1750년—『백과사전』 I권 편찬 작업에 몰두한다.

10월, 『백과사전』에 대한 「취지서(Prospectus)」 발표.

1751년 — 2월, 『듣고 말하는 사람들을 위한 농아에 대한 편지 (Lettre sur les sourds et muets à l'usage de ceux qui entendent & qui parlent)』 출간.

6월 28일, 『백과사전』 I권 발간.

1752년 — 1월 22일, 『백과사전』 II권 발간.

2월, 『백과사전』 I~II권이 금지된다.

1753년 — 11월, 『백과사전』 III권 발간. 『자연의 해석에 관하여(De l'interprétation de la nature)』 또한 발간된다.

1754~6년 — 『백과사전』 IV~VI권 발간.

1757년 — 2월, 극작품 「사생아(Le Fis Naturel)」 발간.

11월 15일, 『백과사전』 VII권 발간.

1758년 — 11월, 극작품 「집안의 가장(Le Père de famille)」 발간.

1759년 — 1월, 『백과사전』이 다시 금지된다.

3월, 『백과사전』 발행 허가 취소.

9월, 미술 평론 「살롱(Les Salons)」을 『문학 통신(Correspondance littéraire)』에 발표. 이 미술 평론 집필은 1781년까지 계속된다.

1760년 — 소설 『수녀(La Religieuse)』 집필.

1761년—『라모의 조카(Le Neveu de Rameau)』 초고를 쓰고, 영국 작가 새뮤얼 리처드슨(Samuel Richardson)에 대한 문학평론집 『리처드슨 예찬(Eloge de Richardson)』을 집필한다. 이 책은 이듬해 발간된다.

1766년—1월, 『백과사전』 본문 마지막 열 권이 배포된다.

1769년—9월, 『달랑베르의 꿈(Le Rêve de d'Alembert)』 탈고.

1770년—『배우에 관한 역설(Paradoxe sur le comédien)』 집필.

1771년—9월, 『운명론자 자크와 그의 주인(Jacques le fataliste et son maître)』 초고 완성.

1772년—9~10월, 단편 「이것은 소설이 아니다(Ceci n'est pas un conte)」와 「카를리에르 부인(Mme de La Carlière)」, 소설 『부갱빌 여행기 보유(Supplément au Voyage de Bougainville)』 완성.

1773~81년—네덜란드, 러시아, 독일, 그리고 파리에 머물며 집필한다.

1784년—7월 31일, 파리에서 사망한다.

1798년—자크앙드레 내종(Jacques-André Naigeon)에 의해 『디드로 전집』이 발간된다.

워크룸 문학 총서 '제안들'

일군의 작가들이 주머니 속에서 빚은 상상의 책들은 하양
책일 수도, 검정 책일 수도 있습니다. 이 덫들이 우리 시대의
취향인지는 확신하기 어렵습니다.

'제안들'은 계속됩니다.

제안들 12

드니 디드로
듣고 말하는 사람들을 위한
농아에 대한 편지

이충훈 옮김

초판 1쇄 발행. 2015년 10월 27일

발행. 워크룸 프레스
편집. 김뉘연
인쇄 및 제책. 스크린그래픽

ISBN 978-89-94207-59-9 04800
978-89-94207-33-9 (세트)
13,000원

워크룸 프레스
출판 등록. 2007년 2월 9일
(제300-2007-31호)
03043 서울시 종로구
자하문로16길 4, 2층
전화. 02-6013-3246
팩스. 02-725-3248
이메일. workroom@wkrm.kr
www.workroompress.kr
www.workroom.kr

이 도서의 국립중앙도서관
출판시도서목록(CIP)은 서지정보유통
지원시스템 홈페이지(seoji.nl.go.kr)와
국가자료공동목록시스템(www.nl.go.kr/
kolisnet)에서 이용하실 수 있습니다.
CIP제어번호: CIP2015027523

옮긴이. 이충훈— 서강대학교 불어불문학과를 졸업하고 같은 학교 대학원에서
불문학을 공부했다. 프랑스 파리 제4대학에서 「단순성과 구성: 루소와
디드로의 언어와 음악론 연구」로 문학박사 학위를 받았으며 현재 한양대학교
프랑스언어문화학과 조교수이다. 옮긴 책으로 D. A. F. 드 사드의 『규방 철학』,
장 스타로뱅스키의 『장 자크 루소 투명성과 장애물』, 드니 디드로의 『미의 기원과
본성』과 『백과사전』 등이 있다.